I0556915

www.ingramcontent.com/pod-product-compliance
Lightning Source LLC
Chambersburg PA
CBHW072041170626
46811CB00008B/3122
*9781005155759*

# لأغراض سلمية

**إعداد وتحرير: رأفت علام**

مكتبة المشرق الإلكترونية

صدر في يناير ٢٠٢١ عن مكتبة المشرق الإلكترونية – مصر

# Table of Contents

# حياة جديدة

الخميس، الثامن والعشرون من يونيو..

صديقي العزيز/ محمد..

بعد التحية،

أرسـل إليك خطابي الأول من المزرعة الجديدة، في صحـراء (مصـر) الغربية.. بعد أن انتقلت للعيش فيها اليوم فقط، أنا وابنتي الوحيدة (منى)، فور أن تسـلمناها رسميًا من هيئة المجتمعات الزراعية الجديدة واستصلاح الأراضـي.. وأنت تعلم يا صديقي العزيز كم عانينا الأمرين للحصـول على هذا المكان، منذ قرأنا معًا ذلك الإعلان، الذي نشـرته جريدة (الأهرام) منذ ما يقرب من عام كامل، والذي أعلنت فيه الدولة، أنها ستمنح كل خريج، من خريجي كليات الزراعة، أرضًــا جديدة لاستصلاحها، في الصحراء الغربية وصحراء (سيناء).. يومها تقدَّمنا ـ أنت وأنا ـ بكل حماس الشـباب، الذي يجري في عروقنا، بطلبين للحصـول على الأرض الصحراوية..

ثم بدأت رحلة العذاب..

عشـرات الطلبات والتمغات، والتوقيعات، وقائمة طويلة من الشـهادات والأوراق المطلوبة، ثم الذهاب يوميًا إلى الهيئة، ومتابعة ما تم إنجازه، حتى أنني ما زلت أذكر دعابتك السـاخرة العصـبية أيامها، عندما قلت: إنهم ـ تقريبًا ـ يختبرون قوة احتمال المتقدمين، فمن لا يسـقط حتى النهاية، يستحق النفي إلى الصحراء..

وبالمناسـبة، لقد تذكرت كلمة النفي هذه، عندما وصـلت إلى هنا..

أنت تعلم أنني كنت أقيم في شقق مفروشة، منذ أن توفيت زوجتي الحبيبة (رحمها الله) وتركت لي ابنتنا (منى)، وكانت - حينذاك - في الثالثة من عمرها. وعندما حصلت على الموافقات اللازمة لاستلام قطعة الأرض الصحراوية، أنهيت عقد آخر شقة مفروشة كنت أقيم فيها، وأنفقت جزءًا كبيرًا من مدخراتي، لشراء سيارة (جيب)، تصلح للعمل في هذا المكان الصحراوي، ثم ابتعت بعض المواد التموينية، وحملت (منى) مع كلبها الصغير (ريكو)، وانطلقت على الفور إلى هنا، ولم أكد أصل إلى المكان، بعد أن ضللت طريقي ثلاث مرات، حتى أصابتني صدمة، وشعرت بأنني في المنفى بالفعل.
صحيح أن المكان عبارة عن مائة فدان، يتوسَّطها منزل من طابق واحد، أطلقوا عليه في الهيئة اسم (الفيلا) زورًا وبهتانا، وهناك مبنى أخر، المفروض أن يستخدم كمخزن للغلال فيما بعد، وبئر قديمة، وطلمبة مياه، ولكن لا تدع هذه الأشياء ترسم في خيالك صورة وردية، فكل ما ستراه من حولك، فيما عدا هذا، هو الصحراء..
فقط الصحراء، وكأن العالم كله قد خلا من سكانه، ولم يعد هناك سواك ..
وربما لاح لك من بعيد جدًا منزل آخر، ولكن أحدًا لم يقطن المنطقة بعد، وربما ينتظر الباقون حتى بداية الشتاء القادم، عندما يتحسن الطقس، وتنخفض درجة الحرارة، ثم يلقون بأنفسهم هنا، وربما كانوا على حق، فدرجة الحرارة هنا لا تحتمل، ولكنني مضطر للحضور في هذا الموعد كما تعلم، حتى يمكنني تحديد ما إذا كنت سأنجح في البقاء، وفي استصلاح تلك الصحراء أم لا،

قبل موعد بدء الدراسة، وإلا خسرت (منى) عامًا من عمرها بلا مبرر.

والواقع يا صديقي العزيز أنني كنت أتوقع أن تعترض (منى) بالذات على قدومنا إلى هنا، وأن تحزن وتبتئس، وكان هذا يقلقني بشدة، ولكنها ـ وهذا العجيب ـ سعيدة للغاية بالمنزل الجديد، وبالمساحات الشاسعة من حوله، وهي تجري وتلهو مع (ريكو) على الرغم من أن الشمس على وشك الغروب، وسأضطر إلى إقناعها بالنوم، حتى يمكننا توفير وقود المولد الكهربي، الذي أحضرته معي، فهنا يا صديقي، وحتى ينتهي العمل في محطة توليد الكهرباء الجديدة، لابد أن تعتمد على إمكاناتك الشخصية، لتحيا كآدمى عادي..

وأخيرًا، لك تحياتي من قلب الصحراء، وأتمنى أن تنتهي من أوراقك في القريب العاجل، لتصبح جاري في المنطقة، وسلامي وتحياتي للجميع، وسأحاول إرسال هذا الخطاب في أول فرصة، أذهب فيها إلى (مديرية التحرير).

صديقك،
(عادل)

☆ ☆ ☆


تنهَّد (عادل) في عمق، وهو ينهي خطابه، وطواه في عناية، ووضعه داخل مظروف أبيض، خط عليه عنوان صديقه، ثم وضعه فوق مكتبه، ونهض ينادي ابنته، هاتفًا:

- (منى).. حان موعد تناول العشاء.

لم تسمعه الصغيرة للوهلة الأولى، وهي تعدو مع كلبها نحو البئر القديمة. فابتسم في حنان، ووقف يتأملها على ضوء الغروب، وقد بدت الشمس من خلفها كقرص أحمر كبير، التهم الأفق قضمة كبيرة منه، وراح يبتلعه في بطء، وهو يحجب بعضه بسحب داكنة..

وعلى الرغم من عدم ارتياحه لقضاء الليل في الصحراء، بدا له المشهد رائعًا، يبعث في النفس نشوة خاصة، ويسحر القلب على نحو عجيب..

وفي صعوبة، انتزع نفسه من انبهاره ونشوته، وهتف مرة أخرى:

- (منى).. الشمس تغرب.

التفتت إليه الصغيرة، وهتفت متبرّمة:

- ما زال هناك بعض الوقت.. أريد أن ألعب مع (ريكو).

ابتسم وهو يقول:

- ستلعبين معه كثيرًا، حتى يصيبك الملل منه، في الأيام القادمة، فلن تجدي وسيلة تسلية أخرى ..

مطت شفتيها في غضب، ولوحت بذراعيها الصغيرتين، ولكنها أطاعته، وعادت إلى المنزل، وخلفها (ريكو) بقامته التي تكاد تبلغ ارتفاعها، وفتح (عادل) ذراعيه عن آخرهما لاستقبال ابنته، واستعد ليطبع قبلة حانية على وجنتها، و...

وفجأة، توقف (ريكو) على نحو عجيب، وانتصبت أذناه في حدة، وراح يزمجر في خفوت، فالتفتت إليه (منى)، وقالت:

- لا تفعل هذا يا (ريكو).. أنت تخيفتي.

ولكن (ريكو) استدار يتطلَّع إلى البئر القديمة في توتر، وأطلق زمجرة أخرى خافتة، فهتفت (منى) بوالدها:

- أبي.. قل له ألا يفعل هذا!
تطلّع (عادل) في حيرة إلى البئر، وتساءل: هل يشعر (ريكو) بوجود حيوان ما هناك، أم...
لم يجد ما يتمّ به تساؤله، فمحا الأمر من ذهنه بسرعة، وقال للكلب:
- (ريكو).. تعال هنا.
ولكن الكلب بدا وكأنه لم يسعمه، وهو يستدير بجسمه كله لمواجهة البئر، ثم راح ينبح في عصبية، فصاح (عادل):
- قلت لك: تعال هنا.
توقف الكلب، وتسمَّر في موضعه، وتحرَّك ذيله في عصبية واضحة، ثم اندفع يعدو فجأة نحو البئر، وهو ينبح في قوة، جعلت الصغيرة تتعلَّق بوالدها، هاتفة:
- أبي.. أبي.. ماذا أصاب (ريكو).
إلا أن (عادل) لم ينبس ببنت شفة..
لقد تابع في دهشة بالغة ما يفعله (ريكو)، الذي وثب يعتلي السور الدائري الصغير، المحيط بفوهة البئر، وتطلَّع إلى الماء، وأخذ ينبح في قوة، وهو يهز ذيله في توتر..
وفي رفق دفع (عادل) ابنته داخل المنزل، وهو يغمغم في حيرة:
- سأذهب لإحضاره.
اختفت الصغيرة داخل المنزل، وأسرعت تتطلَّع عبر النافذة إلى والدها، وهو يتجه إلى البئر، ويقول في توتر:
- عد إلى المنزل يا (ريكو).. أيًا كان ما تراه عندك، فحاول أن تتجاهله، إنه مجرَّد...
وانتفض جسده في عنف، قبل أن يتمّ عبارته، وهو يحدّق في وجه الكلب في دهشة كبيرة..

كانت الشـــمس قد اختفت تمامًا في الأفق، وتركت خلفها
ألوان الشـفق الجميلة، ولكن أيًا منهـا لم يكن يصــلـح
لصياغة وجه الكلب بذلك الضوء الأخضر الباهت، الذي
بدا واضحًا للغاية، في الإضاءة الخافتة ..

كان يبدو وكأنه ينبعث من مصدر إضاءة آخر، في قلب
البئر.. مصــدر يثير أعصــاب الكلب، ويدفعه إلى النباح
على هذا النحو..

ولثوان، تجمد (عادل) في موضعــه، ولم تطاوعه قدماه
على قطع متر إضافي، في اتجاه البئر..

ثم فجأة، أطلق (ميكي) عواء مفزعًا، وتراجع إلى الخلف
في حدة وعنف، فسقط من فوق سور البئر، وراح يعوي
في ألم رهيب..

عندئذ فقط، انتزع (عادل) نفسـه من دهشته، واندفع نحو
الكلب، هاتفًا:

- ماذا أصابك؟

انحنى يفحص الكلب في ســرعة، وآلمه أن يجد كسـرًا
واضحًا في قائمته الأمامية اليسرى، فغمغم مشفقًا:

- يبدو أنك تحتاج إلى إسعاف سريع يا (ريكو).

ثم عادت إلى ذهنه بغتة صــورة ذلك الضــوء الأخضــر
البـاهت، الذي انعكس من البئر على وجه الكلب، فأدار
عينيه في قلق متوتر إلى البئر، ثم نهض يقترب منه في
حذر، وانحنى يلقي نظرة على قاعه..

ولكن كل شيء هناك كان طبيعيًا للغاية..

البئر ساكنة مظلمة، تنبعث منها رائحة رطبة واضحة..

وعلى الرغم من عدم اقتناعه، تمتم (عادل):

- إنه انعكاس ضوء الشمس على الجدران.

وانحنى يحمل الكلب، ويعود به إلى المنزل..

المنزل الجديد..

☆ ☆ ☆

كان كل شيء هادئًا رتيبًا، في محطة الدفاع الجوي في (بني سويف)، وجلس الملازم (حلمي) مسترخيًا، في جحرة الرادار، يحتسي كوبًا من الشاي، ويتطلَّع بين الحين والحين إلى الشاشة التي تعكس ما يراقبة الرادار، وما يدور في سماء (مصر)، في تلك البقعة، وغمغم أحد الجنود في ضجر:

ـ ألا تشعر بالملل هنا يا سيادة الملازم؟

ارتشف الملازم (حلمي) رشفة من الشاي، ثم هز كتفيه، قائلًا:

ـ هذا أمر طبيعي في أوقات السلم، ولكن الذين عملوا هنا أيام حرب ١٩٧٣م، أكدوا أنهم كانوا يحلمون بدقائق من الراحة.

قال الجندي في ملل واضح:

ـ هل ينبغي أن نشعل حربًا أخرى أذن، لنقضي على هذا الملل؟

ضحك الملازم (حلمي)، وقال:

ـ هكذا الحال في الجيش دائمًا.. إما أن تشكو من كثرة العمل، أو من عدمه، وفي الحالتين لن تتوقف الشكوى قط، ولن...

بتر عبارته بغتة، واعتدل في حركة عنيفة، جعلت بعض الشاي الساخن يتناثر على سترته وبنطاله، إلا أنه لم يشعر بحرارته، وهو يحدّق في الشاشة هاتفًا:

ـ ما هذا؟

وثب الجندي من مقعده، وحدَّق في شاشة الرادار بدوره، وهو يسأل في ارتباك شديد:

- ماذا هناك يا سيادة الملازم؟

أشار الملازم (حلمي) إلى نقطة تتحرَّك على شاشة الرادار، وقال في توتر:

- إنه جسم صغير، يأتي من الجنوب الشرقي، على ارتفاع كبير، ولكنه يتحرَّك بسرعة مدهشة، تفوق أسرع الطائرات التي نعرفها.

سأله الجندي في توتر، وهو يتابع النقطة، التي بلغت منتصف الشاشة تقريبًا.

- ربما كانت طائرة تجسّس..

هز الملازم (حلمي) رأسه نفيًا، وهو يقول:

- حتى طائرات التجسس لا يمكنها أن تبلغ هذه السرعة.. انظر.. لقد دخل ذلك الجسم مجال الرادار، ويكاد يتجاوزه، في أقل من نصف الدقيقة، وهذا يحتاج إلى سرعة مذهلة، تبلغ عشرة أضعاف سرعة الصوت على الأقل.

لم يكن الجندي يفهم بالضبط ما يعنيه هذا، ولم يسمع في حياته قط عن سرعة الصوت، ولكن الانفعال الذي نطق به الملازم (حلمي) عبارته الأخيرة، جعله يهتف منزعجًا:

- إلى هذا الحد؟!

ومع آخر حروف كلماته، تجاوزت تلك النقطة شاشة الرادار، وواصلت طريقها نحو الشمال الغربي، فهتف الملازم (حلمي) في دهشة:

- رباه.. لقد خرجت من المجال في سرعة رهيبة.

ثم هزَّ رأسه في قوة، وكأنه يحاول أن ينفض عنه الدهشة، قبل أن يستطرد :

- هذا مستحيل!

حدَّق الجندي لحظات في الشاشة، ثم اعتدل، وسأل في حذر:

- سيادة الملازم.. ماذا ينبغي أن نفعل؟

سأله (حلمي) في شيء من العصبية:

- ماذا تعني؟

أشار الجندي إلى الشاشة، وغمغم:

- هل.. هل ستقدّم تقريرًا عن هذا؟

هتف (حلمي):

- بالطبع.. إنه عملنا.. صحيح أننا لا ندرك طبيعة ذلك الجسم العجيب، الذي يمكنه أن ينطلق بهذه السرعة المدهشة، ولكن واجبنا يحتم علينا إبلاغ الرؤساء، فمن يدري؟ ربما كان سلاحًا جديدًا، أطلقته إحدى الدول الكبرى.

ثم التقط سمَّاعة الهاتف، وهو يستطرد في حزم:

- تذكر هذا دائمًا يا فتى.. ليس من حقنا أبدًا أن نقرّر أهمية أو عدم أهمية الأمر.. كل ما علينا هو أن نؤدي واجبنا.. واجبنا فحسب.

تمتم الجندي :

- بالطبع يا سيادة الملازم.. بالطبع.

وهنا أدار الملازم (حلمي) قرص الهاتف..

وأبلغ الرؤساء..

☆☆☆

انتهى (عادل) من تضميد ساق (ريكو)، ومسحت (منى) دموعها في حزن، وهي تسأل في قلق :
- هل سيشفى يا أبي؟
مسح (عادل) على شعرها الأملس الناعم، وابتسم وهو يغمغم:
- بإذن الله يا حبيبتي.. بإذن الله.
نهض (ريكو) في بطء، ورفع ساقه المصابة، وراح يتقافز بقوائمه الثلاث، فقالت له (منى) في فزع:
- لا يا (ريكو).. المفروض أن تنام.
ربَّت والدها على كتفها، وقال:
- اتركي (ريكو) لحاله.. الكلاب تعرف كيف تعتني بنفسها، أما أنت فأنا أعتني بك.. هيا.. سنذهب إلى الفراش؛ فنحن مجهدان من طول السفر، ونحتاج إلى الراحة، كما أن مولد الكهرباء لن يعمل طوال الوقت.. أليس كذلك؟
قالها وحملها في حنان، فلوَّحت بيدها لكلبها، هاتفة:
- إلى اللقاء يا (ريكو).. طابت ليلتك.
ثم سألت والدها في اهتمام:
- لماذا لم يكن لدينا مولد كهرباء في (القاهرة)؟
أرقدها في فراشها، وهو يقول:
- لأن محطات توليد الكهرباء كانت تقوم بعمله، وترسل إلينا كل ما نحتاج إليه من كهرباء.
سألته وهو يرقد إلى جوارها:
- ولماذا لا تفعل هذا هنا؟
ضحك قائلًا:
- اسأليها.
ثم ضمَّها إليه، واستطرد وهو يتثاءب في إرهاق:

- والآن هيًّا.. لم أعد أستطيع مقاومة النوم.
كانا مجهدين للغاية، حتى أنه لم تمض دقائق معدودة، إلا وكان كلاهما غارقًا في نوم عميق، فاستلقى (ريكو) أرضًا بدوره، وأغلق عينيه، و...
وفجأة، اعتدل الكلب في حركة حادة، وعادت أذناه تنتصبان في تحفز، ثم أطلق زمجرة خافتة، وكأنه يخشى إيقاظ النائمين..
والواقع أنه لو نبح حتى بكل قوته، لما أمكنه إيقاظهما، فقد كانا ينامان في عمق شديد، من فرط التعب والإرهاق..
ولم يستطع الكلب النوم، بل اعتدل واقفًا، معتمدًا على قوائمه الثلاث، على الرغم من قائمته المكسورة، وتحرَّك ذيله في عصبية واضحة، ثم اتجه إلى النافذة، وراح يتطلَّع عبرها إلى الصحراء المظلمة في توتر، قبل أن يتجه إلى الباب، ويدفعه بجسده في قوة، حتى انفتح، فتقافز على قوائمة الثلاث السليمة، وأدار رأسه وسط الظلام، وكأنه يبحث عن شيء ما، ثم استدار يتطلع إلى نقطة ما، فوق سطح المنزل، وقد تضاعف توتره، وتزايدت عصبيته في شدة، وراح يزمجر وينبح..
ثم تراجع (ريكو) مذعورًا، عندما انبعث ضوء قوي مباغت، من جسم ما، على ارتفاع ثلاثة أمتار من سطح المنزل..
كان الضوء يسطع بشدة، حتى بدا وكأنه شمس صغيرة، وتراجع (ريكو) في هلع، وراح ينبح، وينبح، وتسلّل نباحه إلى أذني (منى)، فتمتمت دون أن تفتح عينيها:
- توقف عن النباح يا (ريكو).. أريد أن أنام.

كان الضـــوء يغمر الحجرة، التي تنام فيها مع والدها، ولكن حتى هذا لم يفلح في إيقاظهما، ونبح (ريكو) مرتين إضـافيتين، ثم أطلق عواء مذعورًا، وبعدها ران الصمت تمامًا على المكان، وخبا الضـــوء الســـاطع، وعادت الصحراء إلى طبيعتها في الليل، هادئة، ومظلمة.. ومخيفة.

☆☆☆

# الشك

لم تكن عقارب الساعة قد تجاوزت السادسة صباحًا بعد، عندما دلفت سيارة من سيارات الجيش، تحمل شعار القوات الجوية، إلى مبنى الدفاع، في شارع (الخليفة المأمون) في (القاهرة)، وأدى حارسا المدخل التحية العسكرية في احترام، حتى تجاوزتهما السيارة، ثم همس أحدهما لزميله:

- ماذا حدث؟.. لقد وصل كل قادة القوات الجوية تقريبًا!!.. هل اندلعت الحرب؟

أجابه زميله:

- لو أن هذا ما حدث لعرفنا على الفور، ثم إنها لن تكون حربًا جوية فحسب.. من الواضح أنه هناك أمر ما، يستحق هذا الاجتماع الطارئ، في السادسة صباحًا، ثم إنه لا يخص القوات الجوية فحسب، فقد حضر كل قادة الدفاع الجوي أيضًا.

مطّ الأوَّل شفتيه في حيرة، وهو يغمغم:

- تري ما الأمر بالضبط؟

هز زميله رأسه، وهو يجيب:

- لن يمكننا أن نستنتج هذا أبدًا.

ثم أدار عينية إلى الطابق، الذي يحوي حجرة وزير الدفاع في المبنى، قبل أن يغمغم مستطردًا:

- ولكنه بالتأكيد أمر خطير.. خطير للغاية.

لم يكن كلاهما يدرك أنه في هذه اللحظة بالذات، كان كل قادة الدفاع الجوي والقوات الجوية يجلسون حول مائدة الاجتماعات، ووزير الدفاع يشير بعصاه إلى خريطة كبيرة، وهو يقول في اهتمام بالغ:

- لقد تم رصد هذا الجسم الغريب في سبع مراكز دفاع جوي ورادار، في الليلة الماضية، منذ غروب الشمس، وحتى منتصف الليل، والمراكز التي تم رصده عبرها هي بالترتيب: مركز (حلايب) ومركز (أسوان)، والرادار الموجود خارج (ادفو)، ومركز الدفاع الجوي في (قنا)، ثم مركز (أسيوط)، ومركز (بني سويف)، وأخيرًا مركز الدفاع الجوي الرئيسي للعاصمة.. وهذا يعني أن الجسم يتحرك في اتجاه الشمال الغربي، والسرعة التي سجلتها كل أجهزة الرصد تثير القلق، فهي تفوق السرعة المعروفة، لكل الطائرات وأحدث الأجهزة، التي اخترعتها الدول الكبرى مؤخرًا. كما أن تقارير المخابرات، التي أطالعها منذ الواحدة والنصف صباحًا، تنفي وجود سلاح كهذا، ثم إنه لم ترد أية بلاغات، عن سقوط نيزك ما، أو ارتطام أي جسم غريب في المنطقة كلها.. أضيف إلى هذا، أن كل أجهزة الرصد، ومراكز الدفاع الجوي، المنتشرة على سواحلنا، وحتي على الحدود المصرية الليبية، لم تسجل رؤيتها لهذا الجسم قط، مما يعني أنه لم يتجاوز الحدود، ولم يكمل سيره.. لقد توقف في مكان ما في الصحراء الغربية.

ورسم بعصاه دائرة وهمية على الخريطة، تضم (مديرية التحرير)، و(كوم حمادة)، ومنطقة وادي (النطرون)، وهو يستطرد:

- هنا تقريبًا.

سأله أحد قادة القوات الجوية:

- إنها مساحة شاسعة، كيف يمكن فحصها كلها؟

أجابه وزير الدفاع:

- سنضع خطة للاستطلاع الجوي، يتم خلالها تقسيم المنطقة إلى أربعة أجزاء، ثم تمسح قواتنا الجوية المكان كله بأجزائه الأربعة، في وقت واحد.

قال أحد القادة:

- هذا يحتاج إلى ثلاثين طائرة على الأقل.

وأضاف قائد آخر:

- نصفها من المروحيات.

أشار وزير الدفاع بعصاه مرة أخرى، وهو يقول:

- سنستخدم نصف سلاحنا الجوي، لو لزم الأمر، حتى تكشف ما يحدث على أرضنا.

ثم انعقد حاجباه في حزم، وهو يستطرد:

- إنه أمر بالغ الخطورة أيها السادة، فالدراسات الأولية مخيفة للغاية.

سأله أحد قادة الدفاع الجوي في قلق:

- هل لنا أن نعرف ما الذي توصلت إليه الدراسات؟

أجابه وزير الدفاع في لهجة خاصة، تشفّ عن إحساسه بمدى أهمية وخطورة الأمر:

- الدراسات تؤكد أننا نواجه محاولة من جهات معادية، للسيطرة على المجال الجوي المصري، وهذا يعني أيها السادة أننا - لو صح هذا القول - قد نخضع - فيما بعد - لما هو أكثر خطورة من هذا.

ودارت عيناه في وجوههم جميعًا، قبل أن يضيف في حزم:

- للاحتلال.. ستحتلنا قوة تفوقنا إلى حد كبير في درجة التسليح.

قال قوله هذا، فاتسعت العيون كلها لحظات، قبل أن تحتقن الوجوه في شدة..

لقد أدركوا الآن أن الخطر كبير..
كبير للغاية..

☆☆☆

"(ريكو).. (ريكو).. أين أنت؟".. .
هبَّ (عادل) من نومه فزعًا، على صــوت ذلك الهتاف، الذي يحمل صوت ابنته، وألقي نظرة سريعة على ساعة يده، التي أشــارت عقاربها إلى الســادســة صـباحًا، وغمغم وهو يرتدي خفًا منزليًا، ويسرع إلى باب المنزل:
- يبـدو أن إحســـــاس (منى) بـالفراغ يـدفعهـا للعـب مع (ميكى)، فور استيقاظها.
أدهشـــه أن يرى ابنته وحدها في الخارج، والدموع تغرق عينيها، فسألها في قلق:
- ماذا حدث؟.. أين (ريكو)؟
انهمرت دموعها في غزارة، وهي تقول:
- لســـت أجده.. لقد اســـتيقظت فلم أجده بالمنزل، ورأيت الباب مفتوحًا، فتصوَّرت أنه يلهو وحده بالخارج، ولكنني لم أعثر له على أثر.
ربَّت (عادل) على كتف ابنته في حنان، وهو يدير عينيه فيما حوله، ويقول:
- اطمئني.. إنـه لن يـذهـب بعيـدًا.. لا يوجـد مكـان يمكنـه الذهاب إليه. سيعود حتمًا بعد قليل.
قالت باكية:
- ولكنه كان يستجيب دائمًا لندائي.
لوَّح بكفه، وحاول أن يبتسم، وهو يقول:
- ربما كان أبعد من أن يسمعه.
ثم عاد يربت على كتفها في حنان مشفق، مستطردًا:

- اطمئنني.. كل الكلاب تعود إلى أصحابها، إنها حاسة خاصة لديهم.
تطلعت إليه في حزن، وهي تسأله:
- أأنت واثق من هذا؟
أشار بسبَّابته في حركة مسرحية، وهو يقول:
- تمام الثقة.
ثم انحنى يحملها، وهو يضيف:
- ولكن دعينا نتناول طعام الإفطار أولًا، ثم ننتظر عودته..
حاول أن يداعبها ويمازحها، وهما يتناولان طعام الإفطار، إلا أنها ظلت حزينة شاردة الذهن، تتطلع كل حين وآخر إلى النافذة، وكأنها تنتظر عودة (ريكو) في أية لحظة..
وكان هذا يؤلم (عادل) أيضًا، فهو يعلم أنها شديدة التعلّق بكلبها، وخاصة بعد قدومهما إلى ذلك المكان المنعزل، الذي لم يعد لها فيه صديق سواه..
ولكنه أقنع نفسه بأن (ريكو) سيعود حتمًا، ونقل هذا إلى ابنته، وهو يقول:
- لا تقلقي نفسك كثيرًا بشأن (ريكو).. لا يوجد ما يمنعه من العودة.. ثم إنه يحبك، ولا يمكنه أن يتركك وحدك.
أجابته والدموع تسيل على وجنتيها:
- أمي أيضًا كانت تحبني، ولكنها تركتني ورحلت.
تطلع إليها لحظة في عطف وشفقة، واسترجع شيئًا من ذكرياته مع أمها، التي تزوجها فور تخرجهما من كلية الزراعة، وبدأت الدموع تترقرق في مقلتيه أيضًا، وهو يتمتم:
- أمك لم ترحل بإرادتها يا (منى).. لقد اضطرت لذلك.

مسحت الصغيرة دموعها، وهي تتطلَّع عبر النافذة، قائلة:
- ربما اضطر (ريكو) أيضًا إلى الرحيل .
انعقد حاجباه في شدة، عندما سمع عبارتها، وقفز إلى ذهنه بغتة مشهد وهمي للكلب، وهو يغادر المنزل، ويتجه إلى البئر القديمة، ويثب إلى حاجزها الصغير، ولكن قائمته المصابة تخل بتوازنه، فيهوى إلى الداخل هذه المرة، و..
والتفت في هلع إلى البئر، وحدَّق فيه لحظة، عبر النافذة المفتوحة، قبل أن ينهض قائلًا:
- هيا يا صغيرتي.. سأريك كيف يجلبون الماء من البئر.
تبعته، وهي تسأله في لهفة:
- هل ستعلمني كيف أحضره بنفسي؟
أجابها وهو يسرع الخطا نحو البئر:
- بالتأكيد يا صغيرتي.. بالتأكيد..
تردَّد لحظة، وهو يقف أمام البئر، ثم انحنى في حذر، وألقى نظرة متوترة على قاعه، وهو يتوقع رؤية جثة طافية هناك..
ولكنه كان مخطئًا..
لم يكن هناك أي شيء في قاع البئر..
فقط مياه نظيفة، تعكس صورة السماء الزرقاء، ويتحرَّك سطحها في هدوء، مع تساقط قطرات الندى من جدران البئر..
وتنهد (عادل) في ارتياح، وهو يغمغم:
- حمدًا لله.. إنه ليس هنا.
سألته ابنته في حيرة:
- من تقصد يا أبي؟
ربَّت على كتفها، وهو يقول:

- لا شيء يا صغيرتي.. لا شيء.
وهمَّ بالابتعاد عن البئر، عندما لمح بغتة ذلك الشيء..
جسم ما، تحرَّك حركة خفيفة تحت الماء، ولكنها كانت كافية ليتوتر السطح، وتتراقص مياهه على نحو غير طبيعي، جعل (عادل) يحدّق فيه لحظات، ويتمتم في توتر:
- أمن الممكن أن..
بتر عبارته بسرعة، وارتجف وهو يتصوَّر جثة الكلب تحت السطح، ثم اعتدل وقال لابنته:
- سأهبط لفحص الماء.
سألته في براءة:
- هل يوجد سلم هنا؟
أشار إلى الحبل الغليظ، الملتف حول القائم الخشبي، الذي كان يستخدم لتدلية الدلو القديم، وقال:
- سأستخدم هذا الحبل.
سألته في حماس:
- هل يمكنني أن أصحبك؟
ضحك، وهو يمسح على شعرها، قائلًا:
- ومن سينقذني إذن، إذا ما احتجت إلى معاونة؟
هتفت بسرعة:
- أنا.. أنا الابنة الجميلة، التي ستنقذ والدها.
ضحك مرة أخرى، وهو يقول:
- نعم.. أنت كذلك.
وأدار الرافعة الخشبية، حتى تدلّى الحبل إلى قرب القاع، ثم أمسكه في قوة، وتخطى حاجز البئر، وهو يقول:
- انتظريني هنا، ولا تحاولي النظر إلى أسفل.. هل تفهمين؟

أجابته في بساطة:
- نعم.. أفهم. لن أنظر إلى أسفل.
أمسك الحبل في قوة، وألصق قدميه بجدار البئر، وراح ينخفض في بطء، وقلبه يخفق في عنف..
ماذا لو عثر بالفعل على جثة (ريكو)، في قاع البئر؟..
كيف يواجه ابنته حينئذ؟..
كيف يمكنه حمايتها من الانهيار حزنًا؟..!
ظلت هذه الأفكار تراوده، وهو يقترب من سطح الماء في قاع البئر رويدًا رويدًا، حتى أصبح على ارتفاع نصف المتر منه، وغاصت قدماه في الماء بالفعل، وسمع ابنته تهتف:
- هل عثرت على شيء ما يا أبي؟
دفع قدميه في الماء، بحثًا عن أي جسم صلب، وهو يقول:
- لا.. ليس بعد.
كان من الواضح أن الكلب لم يسقط في البئر، فالجثة لا يمكنها أن تغوص إلى أعمق من هذا..
عبث بقدميه في الماء مرة أخرى، وهو يقول:
- لا يوجد أي شيء هنا.
لم يكد ينطقها حتى ارتطم جسده بشيء ما..
شيء في صلابة المعدن، ولكنه ابتعد عن قدمه في حركة سريعة مقصودة، وكأنه جسم حي..
وجفل (عادل) في عنف، مع حركة ذلك الشيء، وأفلتت يده الحبل، فهوى في البئر، وعلى الرغم من حرارة الجو في الخارج، كانت مياه البئر باردة، وهو يغوص فيها، وذراعاه تضربانها في قوة، في محاولة للارتفاع إلى السطح، بعد أن اتضح له أن مياه البئر أعمق مما كان يتوقع..

وفجأة، رأي أمامه ذلك الشيء..
مجرَّد زوج من الأعين يحدّق فيه، ويشع بريقًا أخضر مخيفًا..
وشهق (عادل) في قوة، عندما برز آمامة ذلك الشيء، مع شهقته، ابتلع كمية من مياه البئر الباردة، واختنق صدره في شدة، وتهالكت أطرافه، ثم أظلم عقله تمامًا..
في أعماق البئر..

☆☆☆

انطلقت المروحيات الثلاث، تستكشف تلك المنطقة من الصحراء الغربية، وضغط قائد الفريق الصغير زر جهاز الإرسال اللاسلكي، وهو يقول:
- من (نسر - ١) إلى القاعدة.. تم فحص المنطقة كلها، ولا يوجد أثر لأي جسم غريب.
أتاه الرد من القاعدة، يقول:
- فليكن يا (نسر - ١).. قم بدورة أخرى، ثم عد مباشرة إلى القاعدة.
أجابة قائد فريق البحث :

- علم، وجاري التنفيذ.
وانطلق بطائرته يجوب المنطقة للمرة الثالثة، وهو يسأل زميليه، عبر جهاز الاتصال، على موجة البث الداخلية:
- هل يرى أحدكما شيئًا؟
أجابه الأوَّل:
- كلا.. كل شيء يبدو لي على ما يرام.
وقال الثاني في ضجر:

- إننا لم نر منذ أقلعنا، سـوى الرمـال الصـفراء، وتلك البيوت الصغيرة، في المنطقة التابعة لهيئة الاستصلاح الزراعي.

ضحك القائد، وقال:

- هل يمكنك أن تتخيَّل أن هناك بشـــر يمكنهم العيش في مثل هذا المكان؟

أجابه الأوَّل:

- للضرورة أحكام يا صديقي.. من يدري؟.. ربما اضط... بتر عبارته بغتة، وهو يهتف:

- رباه!.. هناك.

سـرى توتر مباغت في جسدي زميليه، وسـأله القائد في لهفة:

- ماذا هناك؟

أجابه بسرعة:

- هناك.. عند السـاعـة الرابعة .. إنه في لون رمـال الصحراء تمامًا، ولكن أشعة الشمس انعكست منذ لحظات على جزء منه.

تحرَّك الثلاثة في آلية، نحو البقعة التي أشار إليها، وانعقد حاجبا القائد، وهو يقول في دهشة:

- هذا صحيح.. لقد رأيته.. إنه أشبه بقبة قديمة.. عجبًا!... كيف لم ننتبه إليه من قبل؟!

اقتربوا أكثر من ذلك الجسـم، الذي بدا كقبة كبيرة، يبلغ نصف قطر قاعدتها حوالي خمسة أمتار، وتلتصق رمال كثيفة بسـطحها، فيما عدا بقعة واحدة، هي تلك التي انعكست عليها أشعة الشمس..

وفي توتر ملحوظ، التقط القائد مسماع جهاز اللاسلكي، وهتف:

- من (نسر - ١) إلى القاعدة. لقد عثرنا على شيء ما.
أجابه مراقب القاعدة في لهفة:
- شيء مثل ماذا؟
قال القائد:
- جسم أشبه بقبة كبيرة.. لست أدري ما هو بالضبط، ولكنه لا يشبه أي شيء أعرفه.
مضت لحظات من الصمت، ثم قال مراقب القاعدة:
- هل يمكنكم الاقتراب منه يا (نسر - ١)؟
أجابه القائد:
- نحن نحلق على ارتفاع سبعة أمتار منه بالفعل، وندور حوله طوال الوقت، ولكننا لا نلمح فيه أية مداخل أو نوافذ، باستثناء بقعة صغيرة، من مادة أشبه بالزجاج، ويبدو أنها نافذة مراقبة.
سأله مراقب القاعدة:
- وهل يمكنكم الاقتراب من تلك البقعة، أو النظر عبرها؟
أجابه القائد في حزم:
- سنبذل قصارى جهدنا.
وأكملت الطائرات الثلاث دورتها الأخيرة، ثم حلقت في الهواء، وأوقفتها مراوحها الأفقية على مسافة قريبة من تلك البقعة نصف الشفافة، وقال القائد، وهو يتطلَّع إليها في اهتمام:
- إنها بالفعل أشبه بالنافذة، ولكنها لا تشف عما خلفها.. ولكن مهلًا.. يبدو أنه هناك شيء ما يتحرَّك خلفها.. يا إلهي!.. إنها تنفتح في بطء.. وحجمها يتسع بشدة.. ترى ما الذي يحدث داخل هذا الشيء بالضبط.. سأحاول أن أقترب أكثر.
هتف به صوت المراقب، عبر أجهزة الاتصال.

- لا تقترب أكثر يا (نسر - ١).. هذا يكفي.. عد إلى القاعدة على الفور.

أجابه القائد في توتر:

- ولكن هناك شـــيء ما يخرج من تلك النافذة.. ربَّاه!.. إنه...

وتوقف البث بغتة، على نحو جعل مراقبي القاعدة يعقد حاجبيه في توتر شديد، وهو يقول:

- من القاعدة إلى (نسر - ١).. ماذا حدث عندك؟.. أجب.. من القاعدة إلى (نسر - ١).. نريد تقريرًا فوريًا عن موقف فريقك.

ردَّد مراقب القاعدة النداء عشـرات المرات، ولكن فريق (نسر - ١) لم يستجب..

لقد اختفى الفريق كله..

اختفى تمامًا.

☆ ☆ ☆

# حالة طوارئ

ظلام دامس يغلف كل شيء، وتسبح فيه عيون خضراء لامعة، أحاطت كلها بابنته (منى)، التي صرخت تستنجد به:

- أبي.. أبي .

حاول أن يمدّ يده إليها، ولكن راحته كانت ثقيلة، وكأن عظامه تحوَّلت إلى كتلة من الصلب، وعندما أراد أن يصرخ، اختنقت الكلمات في حلقه، فراح يحدّق مذعورًا في تلك العيون الخضراء.

التي تجذب ابنته بعيدًا، وهي تهتف:

- أبي.. أبي.

وفجأة، أصبح صوتها مسموعًا في وضوح، وتردَّد داخل رأسه واضحًا، وشعر معه بيد (منى) الصغيرة تهزه، واشتم رائحة الدموع الممتزجة بصوتها، ففتح عينيه يحدّق في وجهها بدهشة، قبل أن يهتف:

- (منى)؟!.. أين أنا؟

أطلقت الصغيرة لدموعها العنان، وهي تعانقه في حرارة، وتهتف:

- لقد عدت إليَّ يا أبي.. لم ترحل مثل أمي.. كم شعرت بالخوف، عندما تركتني وحدي هنا.

أدار عينيه في دهشة، وهو يتطلّع إلى حجرة نومه، التي تحيط به، ثم سألها في حيرة بالغة:

- كيف أتيت إلى هنا.. ألم أسقط في قاع البئر؟

رآها ترمقه بنظرة دهشة، وهي تقول:

- تسقط في قاع البئر؟!.. ألم يكن هذا حلمًا؟

سألها في توتر:

- ولماذا تصوَّرت أنه حلم؟

بدت الحيرة على وجهها لحظات، ثم لم تلبث أن هزت رأسها الصغير، وقالت:

- إنه حلم بالتأكيد.. لقد حلمت أنك هبطت في هذه البئر، ثم سمعتك تسقط فيه، فرحت أصرخ مذعورة، حتى فقدت الوعي..

سألها بسرعة:

- وماذا حدث بعد أن فقدت الوعي؟

هزَّت كتفيها، وقالت في بساطة:

- استيقظت من النوم، وعرفت انه حلم، عندما وجدت نفسي نائمة في فراشي إلى جوارك؛ ولكنني شعرت بالخوف، عندما حاولت إيقاظك؛ لأقص عليك حلمي ولم أفلح..

التقى حاجباه، وهو يتطلع إلى ابنته في توتر بالغ..

إنه يعلم أن ما رأته لم يكن حلمًا..

من المستحيل أن يحلم هو وهي بالواقعة نفسها..

ثم إن ما شعر به كان أقوى من الأحلام..

صحيح أن جسده وملابسه جافان، ولكنه واثق من أنه قد سقط في مياه البئر الباردة بالفعل، ورأى تلك الأعين الخضراء المخيفة..

وفي حزم، غادر فراشـــه، ووقف يتطلَّع إلى البئر عبر النافذة، ويفحص الطريق الرملي، الذي يوصله بالمنزل..

لم تكن هناك أية علامات، تشير إلى حركة جسم ما، فيما عدا آثار قدميه وقدمي ابنته، عندما ذهبا إلى البئر، و...

وازداد انعقاد حاجبيه في شدة، مع سؤال وثب إلى ذهنه بغتة..

لماذا تبدو آثار أقدامهما فردية، في اتجاه واحد؟

تحرَّك بسرعة ليغادر المنزل، وانحنى يفحص الآثار في اهتمام، قبل أن يعتدل، مغمغمًا:
- كنت على حق.
كانت الرمال تحمل آثار قدميه وقدمي ابنته في وضوح، وهي تتجه من المنزل إلى البئر، ولكن لم يكن هناك أدنى آثر لهما، يشير إلى عودتهما منه..
وهذا يعني أنهما لم يعودا على نحو طبيعي..
لقد أعادهما شيء ما إلى المنزل..
شيء لم يطأ رمال الصحراء قط..
شيء يرقد في قاع البئر..
وتطلع لحظات إلى البئر في توتر بالغ، ثم تمتم في خفوت:
- ما أنت بالضبط؟
سألته (منى) في حيرة:
- إلى من تتحدَّث يا أبي؟
مسح بيده على شعرها، وهو يقول في شرود:
- إنني أفكر فحسب يا صغيرتي.
عندما أجابها بهذا القول، كان غارقًا في التفكير بالفعل، وكانت الفكرة الوحيدة التي تملأ رأسه هي: هل يبقى في هذا المنزل، على الرغم من كل ما يحدث، أم يعود بابنته إلى (القاهرة)؟..
ولكن كيف يعود إلى (القاهرة)، بعد أن باع كل ما يمتلكه، وأنفق معظم مدخراته، لشراء هذا المكان؟..
وفي هذه اللحظة، امتلأت نفسه بشعور سخيف..
شعور بالضياع..
الضياع التام..

☆☆☆

بدا الموقف شـديد التوتر في قيادات القوات الجوية، واجتمع كبار القادة في غرفة العمليات، وراحوا يفحصون خريطة مجسَّمة لمنطقة الصحراء الغربية، وأشار قائد القوات الجوية إلى نقطة ما، وهو يقول:

- هنا اختفى فريق (نسر - ١).. ثلاث مروحيات مقاتلة، من أحدث طراز، اختفت تمامًا، دون أن تترك أدنى أثر.. لا حطام، لا بقع زيتية، ولا حتى شظايا صغيرة.

قال أحد اللواءات في توتر:

- وتلك الرسالة التي تلقتها منهم أجهزة المراقبة، قبل اختفائهم مباشرة تثير الكثير من الحيرة والقلق.. بل ولن أخجل من القول: بأنها تملأ نفسي بخوف مبهم.

أجابه لواء آخر:

- ليس هذا شعورك وحدك.. لقد قرأت الرسالة أكثر من عشر مرات، وبدا لي الأمر وكأنه واحد من أفلام الخيال العلمي، التي طالما سخرنا منها.

سأله قائد القوات:

- ماذا تعني بالضبط؟

لوَّح اللواء بذراعه كلها، وهو يقول:

- كنت أعتقد أن هذا يبدو واضحًا.. جسم غريب يظهر في السماء، ويتحرَّك بسرعة تفوق أكبر السرعات المعروفة في عالم الطيران، وقبة عجيبة تظهر في الصحراء الغربية، وعندما تقترب منها المروحيات لفحصها، تختفي بغتة.. ألا يبدو التفسير منطقيًا واضحًا، على الرغم من غرابته يا سادة؟.!

ودار بعينيه في وجوه الحاضرين جميعًا، قبل أن يهتف:

- الأطباق الطائرة.

وعلى الرغم من أن الجميع كانوا يتوقعون هذا القول، إلا أن الدهشة ملأت وجوههم، وهم يهتفون في استنكار :

- الأطباق الطائرة؟!.. أي قول هذا يا رجل؟.. أطباق طائرة هنا في (مصر)؟

أجابهم اللواء في إصرار:

- نعم.. أطباق طائرة هنا في (مصر).. ما الذي يمنع هذا؟.. لقد شوهدت الأطباق الطائرة في معظم بلدان العالم، وحتى في دولة (الكويت) ، ونحن نعلم - بحكم عملنا - أن بعض هذه المشاهدات حقيقية، وليس لها أي تفسير آخر، ولقد قرأنا جميعًا، منذ عدة أعوام، التقرير السري، الذي وضعته المخابرات المركزية الأمريكية، حول ظاهرة الأجسام الطائرة المجهولة الهوية، والذي أكدت فيه وجودها، بما لا يدع مجالًا للشك، فما الذي يمنع وجودها في (مصر) إذن؟

ران الصمت على المكان بضع لحظات، تبادل فيها الجميع نظرات قلقة، قبل أن يقطع قائد القوات الجوية حبل الصمت، قائلًا في حزم:

- فليكن.. سنضع هذا الاحتمال في الاعتبار، ولكنني مازلت أميل إلى احتمال أن يكون هذا مجرَّد سلاح جديد، قرَّر البعض استغلال صحرائنا الغربية لتجربته.

ثم شدّ قامته، مستطردًا:

- ولكن هذه ليست المشكلة الفعلية.

سأله أحد الضباط:

- وما المشكلة الفعلية إذن؟

صمت القائد لحظات، التقط خلالها نفسًا عميقًا، ومط شفتيه، قبل أن يقول في توتر:

- لقد فحصـــنا المنطقة كلها، التي اختفت فيها طائرات الهليوكوبتر الثلاث، وكما اختفت الطائرات، فإننا لم نعثر أيضًـا على أدني آثر لذلك الشـــيء الذي تحدثوا عنه قبيل اختفائهم.. لقد اختفت تلك القبة تمامًا، وكأنها لم تكن هناك أبدًا.

سأله أحد الرجال:

- وما الذي يمكننا أن نفعله الآن؟

تنهد القائد، وقال:

- من حسـن الحظ أن المنطقة كلها شبه خالية، ولا تضـم سـوى بعض المنازل، في منطقة اسـتصـلاح الأراضـي الجديدة، ولقد أكدت لنا اتصـــالاتنا، أنه لا يوجد ســـوى القليل منها مأهولًا، والباقي لم تتم أعماله بعد؛ لذا فقد قرَّرت الاستعانة بسلاح المشاة، للبحث في المنطقة كلها.

هتف أحد الرجال:

- ســـلاح المشـــاة؟!.. كيف يحدث هذا؟.. المعتاد هو أن المشاة هم الذين يطلبون معاونة الطيران.

أجابه القائد في حزم:

- لســنا هنا بصـــدد التنافس بين وحدات الجيش المختلفة.. هذه القبة، لو أن لها وجودًا حقيقيًا، تجيد التمويه وإخفاء نفســـها، تحت ســـاتر من الرمال، وهذا يمكنه أن يخدع الطائرات المحلقة في الســـماء، ولكنه لن يخدع المشـــاة قط.. هل فهمت؟

أومأ الرجل برأســـه إيجابًا، وإن لم تشـــف ملامحه عن الاقتناع، فالتفت القائد إلى اللواء، صـــاحب فكرة الأطباق الطائرة، وقال:

- لو صحت فكرتك، فسيعني هذا أننا أمام موقف خطير.. بل وخطير للغاية.. إننا يا ســـادة لن نكون في حالة حرب

مع خصم من عالمنا، بل سنواجه غزاة من عالم آخر.. غزاة من وراء النجوم.
قالها، فعاد الصمت يغلف القاعة كلها، ولكنه لم يكن صمتًا عاديًا هذه المرة، بل كان صمتًا مغموسًا في الكثير من الرمنى..
أو من الرعب..

☆☆☆

لم تكد الشمس تميل إلى الغروب، حتى امتلأت نفس (عادل) بالتوتر والقلق، وراح يتطلع إلى الأفق في خوف، وكأنما يتوقع أن يتحوَّل قرص الشمس بغتة إلى زوج من الأعين الخضراء، وينقض عليه كوحش كاسر..
ومن خلفه، راحت ابنته (منى) تردّد في حزن:
- (ريكو) لم يعد بعد يا أبي.. أين ذهب؟.. لماذا اختفى؟
ربَّت عليها في حنان، قبل أن يبدأ في تشغيل المولد الكهربي، وهو يجيب:
- سيعود يا صغيرتي.. سيعود بإذن الله.
قالها بلهجة لم تنجح حتى في إقناعه هو، ولكنه لم يجد ما يقوله سواها؛ فهو يشعر بحيرة تفوق حيرتها، كلما فكر في أمر اختفاء الكلب..
لقد فحص المنطقة المحيطة بالمنزل كلها، ولكنه لم يعثر سوى على آثار حديثة له، بأطرافه الثلاثة، تبدأ من باب المنزل، وتمتد الثلاثة أمتار، ثم تنقطع بغتة، وكأنما طار الكلب في الهواء، أو...
أو سحبه شيء ما إلى أعلى.
وارتجف جسده مع الاحتمال الثاني، ورفع عينيه إلى السماء، وكأنه يتوقع رؤية ذلك الشيء فوقه، ثم عاد

يخفضهما إلى حيث تقف (منى)، وحاول أن يبتسم، وهو يقول:

- والآن ينبغي لصغيرتي الجميلة أن تتناول طعام العشاء، ثم تخلد إلى النوم.. أليس كذلك؟

قالت باحتجاج متخاذل:

- ولكن (ريكو) لم يعد بعد.

انحنى يحملها، ويضمّها إلى صـدره في حنان، وهو يقول:

- سيعود يا صغيرتي.. صدقيني.. سيعود بإذن الله.

سألته في اهتمام:

- هل تعدني يا أبي؟

لم يكن بإمكانه أن يلقي مثل هذا الوعد، ولكنه غمغم:

- أعدك يا صغيرتي.

طبعت قبلة على خده، وهي تقول:

- أشكرك يا أبي.. أشكرك كثيرًا.

كان التوتر يملأ نفسه بحق في هذه الليلة، وعلى الرغم من هذا، فلم يكد يتناول طعام العشـاء، حتى بدأ رأسـه يتثاقل، فقال لابنته:

- سأوقف المولد الكهربي، ولنذهب إلى الفراش.

قالت محتجة:

- ولكنني أخشى النوم في الظلام.

قال، وهو يحملها إلى الفراش:

- سنوقد شمعة كبيرة، داخل قدح من الماء، ونضعها في حجرة النوم.. هل يروق لك هذا؟

طبعت قبلة أخرى على خده، وهي تقول:

- أنا أحبك كثيرًا يا أبي.

كان المفروض أن يروي لها قصة (سندريلا) للمرة الألف، على ضوء الشمعة المتراقص، ولكنه لم يكد يبلغ تلك المرحلة، التي فقدت فيها (سندريلا) حذاءها، حتى راح في سبات عميق، فهتفت (منى) محتجة:

- وماذا بعد.. ماذا بعد أن فقدت الحذاء؟

ولكن (عادل) لم يسمعها، وهو غارق مع أحلامه، فمطت شفتيها الصغيرتين، وعقدت ذراعيها أمام صدرها، وهي تقول:

- سأخاصمك لأنك لم ترو لي الجزء الطريف، عندما كانت جميع الفتيات يقسن حذاء (سندريلا)؛ ليتزوجن الأمير.

كانت تحفظ القصة عن ظهر قلب، ولكنها لا تمل سماعها على لسان والدها، ثم إنها لم تشعر بالرغبة في النوم، وكانت تحتاج إلى من يؤنس وحدتها، فظلت جالسة على الفراش طويلًا، قبل أن تغمغم في ضيق:

- أين أنت يا (ريكو)؟! لماذا تركتني وحدي؟

زفرت مرتين في تذمر، ثم قضت بعض الوقت في مراقبة شعلة الشمعة المتراقصة، إلا أنها لم تلبث أن قالت في ضجر:

- لماذا لا يأتيني النوم؟

تراجعت بظهرها لتنام، عندما لاحظت بغتة، عبر النافذة، أن الضوء قد انبعث في المخزن، فاعتدلت بحركة سريعة، وهتفت:

- أبي.. يبدو أنك لم توقف عمل المولد.

لم يجب (عادل)؛ لأنه لم يسمع حرفًا واحدًا من هتافها، مع نومه العميق، ولكنها غادرت الفراش، وأسرعت إلى النافذة، تتطلع منها إلى المخزن، الذي أطلقت نوافذه كلها

ضوءًا أبيض، وخيل إليها أن جسمًا صغيرًا قد اندفع نحو الباب، وعبره في لمحة خاطفة، فهتفت في سعادة:

- (ريكو).. هل عدت؟!

قالتها وأسرعت تفتح باب المنزل، وجرت نحو المخزن، وهي تنادي على كلبها الغائب، ولكنها لم تكد تصل إلى هناك، حتى توقفت أمام الباب نصف المفتوح، وبدا لها ذلك الضوء الأبيض جميلًا، باعثًا على الارتياح، والتقطت أذناها أصواتًا مختلفة من الداخل، أشبه بصوت مجموعة من القطط، تلهو معًا، أو تعبث ببعض بكرات الخيط الطويلة، فابتسمت (منى)، وغمغمت:

- إذن فانت تلعب بالداخل أيها الكلب الشقي.

ودفعت الباب في رفق، ثم دلفت إلى المخزن، ولم تكد تفعل، حتى اتسعت عيناها في دهشة، وذابت الابتسامة على شفتيها..

إنه لم يكن كلبها (ريكو)، ذلك الذي يلهو داخل المخزن، بل كان ما تراه أمامها شيئًا عجيبًا، يتجاوز كل توقعاتها.. بل يتجاوز الحدود نفسها..

حدود العقل.

# الغموض

استيقظ (عادل) في الصباح التالي، وهو يشعر بارتياح بالغ، بعد النوم العميق الذي غرق فيه، منذ مساء اليوم السابق، وتطلَّع إلى ساعة يده، التي أشارت عقاربها إلى السادسة والربع، ثم استدار يلقي نظرة حانية على ابنته، التي توسَّدت راحتها، وراحت في سبات عميق، ومد يده يداعب أنفها، وهو يقول :

- استيقظي يا أميرتي.. لقد أشرقت الشمس.

همهمت (منى) بعبارة غير مفهومة، وأزاحت يده عن أنفها، وهي تقول:

- أرجوك يا أبي.. اتركني أنام بعض الوقت.. أنا متعبة.

ابتسم وهو يداعبها مرة ثانية، قائلًا:

- هيَّا.. لقد حان موعد الإفطار، ثم إنك تنامين منذ مساء أمس، ومن الخطأ أن ينام الأطفال لفترة أطول من المعتاد.

قالت محتجة:

- ولكنني لم أنم إلا مع شروق الشمس.

هتف في دهشة:

- شروق الشمس؟!.. ولماذا ظللت مستيقظة كل هذ الوقت؟

غمغمت في تراخ:

- كنت ألعب مع أصدقائي.

التقى حاجباه، وهو يردّد:

- أي أصدقاء؟

فتحت عينيها في صعوبة، ورفعت رأسها عن الوسادة قليلًا، وهي تشير بيديها، قائلة:

- هل تعرف الأقزام السبعة، الذين رأيناهم في السينما، في فيلم الرسوم المتحركة (سنو وايت) .. لقد جاءوا لزيارتي مساء أمس.
ارتجف قلبه في صدره، وهو يسألها:
- أهو حلم آخر؟
هزَّت رأسها نفيًا، وهي تقول:
- كلَّا.. لم يكن حلمًا.. لقد جاءوا بعد نومك مباشرة.. أنا رأيتهم في المخزن، عندما اشتعلت أضواؤه..
رفع حاجبيه في دهشة، والتفت بحركة حادة إلى النافذة، ليحدّق في المخزن، ثم التفت إليها، وحاول أن يسيطر على أعصابه، وهو يمسك كتفيها، ويسألها:
- اصدقيني القول يا (منى).. ما الذي حدث بالفعل؟
دعكت عينيها، وجلست على الفراش في إرهاق، وهي تجيب:
- لقد رأيت الأضواء تنبعث من المخزن، وظننت أن (ريكو) هناك، فذهبت إليه، ولكنه لم يكن هو الذي أشعل الأضواء، وإنما هؤلاء الأقزام السبعة.
سألها في توتر:
- هل تستطيعين أن تصفيهم لي؟
أومأت برأسها إيجابًا، وقالت:
- نعم.. إنهم مثلي، وليسو مثلك.
سألها:
- ماذا تعنين؟
أشارت بيدها، مجيبة:
- أعني أن لهم نفس طولي، ولكنهم أكثر نحولًا مني.. يبدو أنهم لايشربون اللبن في الصباح.
قال في توتر:

- بالتأكيد.. بالتأكيد.. هيا.. أكملي.. هل يرتدون نفس ثياب الأقزام السبعة في الفيلم.

هزَّت رأسها نفيًا، وهي تقول:

- كلَّا.. إنهم يرتدون ثيابًا فضية اللون، ويضعون أشياء مستديرة داكنة على رؤوسهم، لم تسمح لى برؤية وجوههم، ويحملون على ظهورهم حقائب ثقيلة، تخرج منها أنابيب قصيرة، تنتهي عند طرف هذه الأشياء، التي يضعونها على رؤوسهم.

اتسعت عيناه في هلع، وهو يستمع إليها، فقد كانت تصف في بساطة، وبكل براءة الطفولة، رواد فضاء صغار الحجم، احتلوا مخزنه طوال الليل..

وفي هلع، سألها:

- وهل لعبت معهم؟

هتفت في سعادة:

- بالطبع.. إنهم ظرفاء للغاية.. لقد داعبوني، وتحدَّثوا معي، وأهدوني لعبة جميلة، لم أر مثلها قط، و...

أشار إليها لتصمت، بعد أن عجز عقله عن استيعاب كل هذا، وهتف بها وقد تضاعف توتره:

- هل تحدَّثوا معك؟

أجابته:

- نعم، وقالوا إنهم يحبونني، ويتمنون لو أرحل معهم إلى وطنهم.

سألها مذعورًا:

- وهل يتحدثون العربية؟!

تطلعت إليه في حيرة، وهي تسأل:

- وما العربية؟

قال في توتر شديد:

- أعني هل يتحدثون كما نتحدَّث نحن؟

عقدت حاجبيها الصغيرين، وهي تقول:

- لـسـت أذكر.. إنني لم أرهم يتحدثون، فلم يخلعوا تلك الكرات المستديرة عن رؤوسهم قط، وأعتقد أنهم...

بترت عبـارتها بغتـة، وامتلأت ملامحها الصـغيرة بالحيرة، فسألها والدها، وهو يستحثها على المواصلة:

- تعتقدين أنهم ماذا؟

أجابته في حيرة:

- أعتقد أنني لم أسمع أصواتهم قط، ولكنني واثقة من أنهم قد تحدَّثوا إلي.

ثم تهللت أساريرها، وهي تستطرد:

- أتعلم يا أبي.. لقد وعدوني بأنهم سـيعيدون (ريكو).. لقد أخذوه ليعالجوه، بسبب إصابة ساقه.. كما أنهم استعادوا الشـخص الآخر، الذي تركوه في البئر، منذ آخر زيارة لهم.

سرت في جسده قشعريرة باردة كالثلج، وهو يسألها:

- في البئر؟!

أومأت برأسها إيجابًا، وقالت:

- نعم.. إنه لا يشبههم، وإنما يشبه صندوق قمامة صغير من الصـفيح، له قدمان ويدان صـغيرتان، ورأس أشـبه بالكرة، تتوسطه عينان مضيئتان خضراوان، ويصدر صوتًا عجيبًا، عندما يسير.

وضحكت قبل أن تستطرد:

- لقد ضـحكت طويلًا عند رؤيته، وضـحكوا هم أيضًا لضـحكاتي، وأخبروني أن لديهم الكثير من الأشـياء مثله في وطنهم، وعندما أذهب لزيارتهم، سـيهدونني واحدًا منها، و...

قاطعها، وهو يهب من فراشه:
- ارتدي ملابسك.. سنرحل من هنا على الفور.
وقفز يلتقط الحقائب، ويلقي فيها الملابس والأشياء عشوائيًا، فهتفت به محتجة:
- ولكنهم سيأتون للعب معي الليلة.
صاح بها:
- لهذا بالذات ينبغي أن نرحل الآن.
صاحت:
- أبى.
ولكنه لم يناقشها هذه المرة، كما اعتاد في كل خلاف بينهما..
لقد تأكد الأن من أن هذا المكان يحمل تحت رماله الصفراء سرًا غامضًا مخيفًا، لم يعد يكتفي بإثارة رهبته فحسب، وإنما يسعى لاختطاف ابنته أيضًا، وحملها إلى عالم آخر..
وهو لن ينتظر حتى ينتزعوا منه ابنته..
لن ينتظر هذا أبدًا.
ولم ينته تمامًا من وضع كل الأشياء في الحقائب، وإنما اكتفى بما وضعه، وجذبها من يدها، واندفع نحو الباب، وهي تهتف به:
- الهدية.. أريد أن أخذ الهدية معي.
تجاهل هتافها تمامًا، وفتح الباب في عنف، و...
"إلى أين؟."..!
انتفض في عنف، وتراجع للخلف مذعورًا، عندما وقع بصره على ذلك الشخص الفاره القوام، المتين البنيان، الذي وقف بالباب في زي مموه، كتلك الأزياء التي

يرتديها رجال الجيش، ويحمل في يده مدفعًا آليًا، وهتفت (منى):

- لقد أفزعتني يا عماه.

ابتسم الرجل، الذي يحمل رتبة نقيب، وهو يقول:

- معذرة أيتها الصغيرة، أنا لم أقصـــد هذا.. كنت أهمّ بطرق الباب، عندما فتحه والدك بغتة..

ثم أدار عينيه إلى (عادل)، وسأله:

- ولكن لماذا كنت تسرع هكذا؟

تنحنح (عادل)، وقال مرتبكًا:

- لدي موعد في (مديرية التحرير)، ولقد تأخرت و...

قاطعة الضابط في حسم:

- ألغ الموعد.. لن يمكنك الذهاب.

شحب وجه (عادل)، وهو يسأله:

- لماذا؟.. ماذا حدث؟

رمقه الضـــابط بنظرة طويلة، قبل أن يقول في هدوء حازم:

- إجراءات أمن.

سأله (عادل) في حذر:

- بسبب ماذا؟

هزّ الضابط كتفيه، وقال:

- أنا نفســي أجهل الســبب، ولكن الأوامر لدينا تحتم منع دخول أو خروج أي مخلوق من المنطقة، طوال الثمـان والأربعين ساعة القادمة.

هوى قلب (عادل) بين ضلوعه، وهو يقول:

- ولكن هذا مستحيل!

عاد الضابط يرمقه بنظرة طويلة، ثم سأله:

- لماذا مستحيل!؟

أجابه في حدة:

- لقد نفدت المؤن، ونحتاج إلى وقود لإدارة المولد الكهربي، و...

قاطعه الضابط في هدوء:

اكتب قائمة بكل ما تحتاج إليه، وسنزوّدك به خلال ساعات، ودون مقابل.

بدا اليأس على وجه (عادل)، وحاول أن يبحث عن مخرج آخر، ولكن الضابط سأله بغتة:

- قل لي: هل رأيت شيئًا غريبًا في المنطقة، في اليومين الماضيين؟

انتفض جسده في عنف، وهو يهتف:

- مطلقًا.. لم أر أي شيء غريب.. لماذا تسأل؟

ولكن (منى) أسرعت تقول في حماس:

- أنا رأيت الأقزام السبعة.

جفَّت الدماء في عروق (عادل)، وشحب وجهه بشدة، وتطلُع إلى الضابط في ارتياع، ولكن هذا الأخير سأل الصغيرة في اهتمام:

- أي أقزام سبعة؟

لوَّحت بيدها الصغيرة، وهي تقول:

- الأقزام السبعة، الذين نامت (سنو وايت) في منزلهم.. ألم تر الفيلم؟

ابتسم الضابط، وأجاب:

- بالطبع.. لقد شاهدته عندما كنت في مثل عمرك.

قالت في سعادة:

- لقد زاروني بالأمس في المخزن، ولعبنا معًا.

قال الضابط مبتسمًا:

- في أي مخزن زاروك يا صغيرتي؟

أسرع (عادل) يقول، وهو يطلق ضحكة مرتبكة:

- خيال الأطفال واسع للغاية.

أومأ الضابط برأسه، وهو يقول:

- هذا أمر طبيعي.. لقد كنا مثلهم في طفولتنا.

احتجت (منى)، قائلة:

- إنه ليس خيالًا.. لقد لعبت مع الأقزام أمس في المخزن، ووعدوني بإعادة (ريكو)، بعد علاج ساقه المكسورة.

عقد الضابط حاجبيه، وهو يتطلع إلى (عادل)، متسائلًا:

- (ريكو)؟!

أجاب (عادل)، وتوتره يتضاعف مع مضي الوقت:

- إنه كلبها.. لقد فقدناه هنا، ومنذ ذلك الحين تشعر بوحدة شـــديدة، فالمكان مقفر كما ترى، وأعتقد أن هذا هو الســـبب، في كل ما يراودها من أحلام، حول الأصــدقاء الوهميين والأقزام.

صاحت (منى) في غضب:

- لم يكن حلمًا.. لم يكن حلمًا.. لقد أعطوني هدية أيضًا.

ابتسم (عادل) في اضطراب، وربَّت على رأسها، قائلًا:

- بالطبع.. بالطبع.

وغمز بعينه للضـــابط، الذي ابتســـم مؤيدًا، ثم تلاشــت ابتسامته، وهو يقول:

- فليكن.. لو أنك رأيت أو شعرت بأي شيء غير طبيعي، حاول أن تبلغنا على الفور.

لوَّح (عادل) بكفيه، وقال:

- كيف؟!.. لا يوجد هاتف هنا، أو...

قاطعه الضابط، وهو يناوله جهاز لاسلكي صغيرًا:

- استخدم هذا.. إنه مضبوط على موجة الاتصال بنا.. كل ما عليك هو أن تضغط الزر، وتذكر رقم قطعة الأرض التي تمتلكها، ثم تخبرنا ما لديك.. هل يمكنك فعل هذا؟

أومأ (عادل) برأسه، قائلًا:

- بالتأكيد.

وراحت شفتاه ترتجفان في توتر بالغ، وهو يتابع انصراف الضابط وجنوده، في واحدة من سيارات الجيش، ثم أغلق الباب في سرعة، واستند بظهره إليه لاهثًا، وهو يتمتم:

- ماذا أفعل؟.. ماذا أفعل؟

انتبه بغتة إلى أن (منى) ليست إلى جواره، فهتف في هلع:

- (منى).. أين أنت؟!

أتاه صوتها من داخل حجرة النوم، وهي تقول في غضب :

- أنا هنا، ولن أتحدَّث إليك.

اتجه إليها في حجرة النوم، ورآها جالسة على طرف الفراش، وقد زوت ما بين حاجبيها الصغيرين، ومطت شفتيها، وعقدت ذراعيها، معلنة غضبها، فجلس إلى جوارها، وأحاطها بذراعه كلها، وهو يقول في حنان:

- أأنت غاضبة مني؟

هتفت:

- نعم.. سأخاصمك طوال عمري كله؛ لأنك كذبت على الضابط.. ما رأيته لم يكن حلمًا أو خيالًا، وأنت تعرف هذا.

ربَّت عليها حانيًا، وهو يقول:

- حبيبتي الصغيرة.. أنت الآن في الخامسة من عمرك فحسب، وفي هذه السن يصعب على الطفل التفرقة ما بين الأحداث الحقيقية، والأحلام التي يراها في نومه، و...
قاطعته غاضبة:
- ليس حلمًا.. ليس حلمًا.
ثم قفزت من الفراش، ووضعت قبضتيها الصغيرتين في وسطها، وهي تستطرد:
- ثم إن الأحلام لن تمنحني هدية.. أليس كذلك؟
تذكر أمر الهدية، في تلك اللحظة فقط، فتطلُع إلى ابنته في مزيج من القلق والحذر، وهو يتمتم:
- الهدية؟..!
هتفت به:
- نعم.. لقد أهدوني هذه.
وأسرعت إلى دولاب ملابسها، والتقطت منه علبة متوسطة الحجم، وفتحتها قائلة:
- انظر كم هي جميلة.
ولم يكد بصر (عادل) يقع على ذلك الشيء، الذي برز من العلبة، حتى اتسعت عيناه في دهشة..
بل في ذهول..
ذهول تام..

☆☆☆

"هذا الرجل يكذب، أو يخفي شيئًا ما."..
ألقي الضابط هذه العبارة في حزم واثق، في مواجهة رئيسة، الذي عقد حاجبيه في اهتمام، وهو يقول:
- ولماذا كوَّنت هذه الفكرة؟

أجابه الضابط:

- كان يهرع إلى الخارج حاملًا حقيبتين كبيرتين، لم يحكم اغلاقهما جيدًا، مما يوحي بأنه يتحرَّك على عجل، وفي توتر شديد، وعلى الرغم من هذا فقد ادعى أنه على موعد في (مديرية التحرير)، ثم لم يهتم حتى بإلغاء الموعد، عندما أخبرته بأمر حصار المنطقة، بل ولم يطلب تلك المؤن والوقود، اللذين أشار إلى نقادهما، مما يوحي بأنه كان كاذبًا في هذا الحديث.

أومأ رئيسه برأسه متفهمًا، وهو يقول:

- إنه أمر يبعث على الشك بحق.

قال الضابط:

- ليس هذا فقط يا سيدي، ولكن اضطرابه الشديد أيضًا، عندما سألته عما إذا كان قد رأى أمرًا غريبًا، ثم حديث ابنته عن الأقزام السبعة.

هزَ رئيسه رأسه، وهو يقول:

- هذا الحديث طبيعي للغاية، بالنسبة لطفلة في مثل عمرها.. لقد شاهدت هذا الفيلم منذ عدة سنوات مع ابنتي، وظلت تتحدَّث عن الأقزام لعام كامل.

قال الضابط، وهو يشير بسبَّابته:

- ولكن والدها توتر في شدة، عندما بدأت تتحدَّث عن هؤلاء "الأقزام" وحاول منعها من الاستمرار بأي شكل .

صمت رئيسه لحظات، وهو يزن الموقف في رأسه، ثم قال:

- إذن فأنت تعتقد أن هذا الشخص قد رأى شيئًا، يتعلق بالجسم الغريب، الذي نبحث عنه.

هتف الضابط:

- بل وربما أجري اتصالًا ما معه يا سيّدى.

صمت رئيسه لحظات أخرى، ثم قال:
- هذا الأمر يحتاج إلى تحريات أكبر.. سنراقب هذا الرجل ومنزله سرًا، حتى نلتقط ما يؤيد قولك، قبل أن نلقي القبض عليه.
سأله الضابط:
- ولماذا لا نذهب لاستجوابه، على نحو مباشر؟
لوَّح رئيسه بكفه، وهو يقول:
- لنفس السبب الذي رفضوا من أجله إخلاء المنطقة، وفضلوا محاصرتها.. إننا مازلنا نجهل طبيعة الخصم الذي نواجهه يا رجل، وربما كان بشري الهيئة، أو كانت لديه قدرة على انتحال هيئات أخرى.. صحيح أن هذا الكلام يبدو أقرب إلى الخيال، ولكنه يتناسب مع الموقف كله، بغرابته وغموضه.. إنهم يخططون لكل شيء يا رجل، وليس علينا سوى الالتزام بالأوامر، والـ...
قاطعه بغتة أزيز جهاز اتصال الطوارئ الخاص، فالتقطه في سرعة ولهفة، وهو يقول:
- هنا القيادة.. من يتحدَّث؟
أتاه صوت أحد ضباطه، يجيب:
- من الفرقة التاسعة إلى القيادة.. لقد عثرنا على شيء سيثير دهشتكم للغاية.
هتف به الرئيس:
- هل وجدتم تلك القبة؟!
أجابه الرجل والانفعال يغمر صوته:
- بل عثرنا على ما هو أغرب يا سيّدى.
وصمت لحظة قبل أن يجيب:
- عثرنا على المروحيات الثلاث المفقودة، وفي موضع لا يمكن أن تخطئه عين.

واتسعت عينا الرئيس في دهشة بالغة.

☆ ☆ ☆

# الحيرة

اتسـعت عينا (عادل) عن آخرهما، في ذهول تام، وهو يحدّق في العلبة التي تحملها ابنته، والتي برزت منها كرة حمراء، ينبعث منها ضوء باهت..

ولم يكن شـكل الكرة، أو لونها، أو حتى الضـوء المنبعث منها، السبب المباشر لدهشته وذهوله..

وإنما كان موضعها..

لقد فتحت (منى) العلبة، فوثبت منها الكرة، وتعلقت في الهواء، وكأنما لاتربطها أية علاقة بالجاذبية الأرضية..

وهتفت (منى) في سعادة، وهي تمدّ يدها نحو الكرة:

- هل رأيت جمالها يا أبي؟

صاح (عادل):

- لا.. لا تلمسيها..

ولكنها دفعتها بيدها في رفق، وهي تقول:

- لماذا؟.. إنها طريفة للغاية.

ومع دفعتها الرقيقة، سـبحت الكرة في الهواء في بطء، وتحرَّكت في نعومة أنيقة، وكأنها داخل مركبة فضـائية، تجاوزت حدود الجاذبية، وغرقت في منطقـة انعدام الوزن..

وتابع (عادل) حركـة الكرة في ذهول، في حين جرت خلفها (منى)، وهي تقول ضاحكة في سعادة:

- إنها تطير يا أبي.. كرتي تطير.

ودفعتها بأصابعها مرة أخرى، نحو الجدار، ولكنها لم تكد تبلغه، ودون أن ترتطم به، حتى دارت حول نفسـها، وسـبحت في الاتجاه الآخر، و(عادل) يتابع مسـارها المتقن، وقد هوى قلبه تمامًا بين قدميه..

الآن لم تعد هناك ذرة واحدة من الشك..

هناك قوة مجهولة تعبث بهذا المكان..
قوة تستهدفه، أو تستهدف ابنته..
وفي عصبية متوترة، هتف:
- هيَّا.. سنغادر هذا المكان.. هيَّا..
تطلعت إليه في دهشة، وقالت:
- ولكن الضابط قال: إنه لا يمكننا أن نرحل.
هتف في عصبية:
- فليطلقوا علينا النار إذن.
قالت متوترة:
- وماذا عن (ريكو)؟.. هل نرحل ونتركه وحده؟
أجابها وهو يحمل الحقيبتين :
- (ريكو) ذهب ولن يعود.
صرخت (منى):
- لا.. لا تقل هذا يا أبي.. (ميكى) سيعود.. لقد وعدوني.
صاح في عصبية:
- قلت لك: لن يعود.. لن يعود.. هم الذين سيعودون إلى هنا.. ألا تدركين ما الذي يسعون إليه؟ إنهم يبحثون عن عينات من كوكبنا.. عينات من المياه، والتربة، والرمال، والحيوانات.. بل والبشر أيضًا.. إنهم يريدون اختطافك.. ألم تفهمي هذا؟
ترقرقت الدموع في عينيها، وهي تقول في أسى، لا يتناسب قط مع طفولتها وبراءة نفسها:
- إنهم لا يريدون اختطافي يا أبي.. بل يلعبون معي فحسب.
صاح بها :

- خطأ.. خطأ.. إنهم يخططون لسرقتك مني، وحملك إلى كوكبهم، ولن أسمح بحدوث هذا قط.. هل تفهمين؟.. لن أسمح به أبدًا..

انهمرت دموعها على وجنتيها، وهي تقول:

- لا يا أبي.. أنت تخدعني.. لو أنهم أرادوا اختطافي، فلماذا لم يفعلوا هذا أمس وأنت نائم؟.. لماذا اكتفوا باللعب معي؟

صدمته تساؤلاتها البريئة، التي ارتطمت بحاجز المنطق في عقله، فأيقظت فيه رؤية جديدة، لم ينتبه إليها من قبل.. لو أنهم أرادوا اختطافها، فلماذا لم يقدموا على هذا بالفعل؟

إنه لن يستطيع حتى منعهم لو حاولوا..

لقد رأى بنفسه ما يثبت أنهم أكثر قوة وتقدمًا، وأنه لا قبل له بالتصدي لهم قط..

وسقطت الحقيبتان من قبضته، بعد أن انكشفت لبصيرته الحقيقة، وعاد ذلك الشعور الرهيب بالعجز والوحدة والحيرة يحيط به، وانتقل إلى لسانه، الذي ردد في خفوت:

- ماذا يريدون منا إذن؟.. ماذا يريدون؟

وبقي سؤاله أشبه بتلك الكرة المضيئة، معلقًا في سماء الحجرة.. وبلا جواب..

☆☆☆

تحوَّل ذلك الجزء من الصحراء الغربية فجأة، إلى ترسانة كاملة من الأسلحة، حتى بدا أشبه بساحة قتال، تستعد فيها فرقة من الجيش، لشن هجوم شامل على العدو، فقد استقرَّت طائرات الهليوكوبتر الحربية الثلاث على

الرمال، وحولها فرقة من المشــاة، تتخللها عدة سـيارات مصــفحــة ومجنزرة، وأربع دبابـات حـديثـة، بمدافعها المتحفزة، وحلقت فوقها سبع طائرات هليوكوبتر أخرى، هبطت من بينها واحدة، تضــم قائد القوات الجوية، وقائد الدفاع الجوي، وثلاثة من كبار الضــباط، ولقد غادروها جميعًا فور هبوطها، وقبل حتى أن تتلاشــى أو تهدأ عاصفة الرمال، التي أثارتها مراوحها، وسأل قائد القوات الجوية رئيس فرقة البحث في اهتمام:

- كيف حال الطائرات الثلاث؟

أجابه الرجل، وهو يؤدي التحية العسكرية:

- في حالة ممتازة للغاية يا سـيّدي.. بل ويمكنني أن أقول بكل ثقة، إنها في حالة أفضـــل مما كانت عليه، عندما أقلعت من قاعدتها.

سأله القائد في دهشة:

- وكيف هذا؟

أجابه الرجل:

- لقد تم غســلها وتنظيفها وتشــحيمها، وزوّدت بالوقود ملء خزاناتها، ولمَّع بعضــهم واجهات العدادات، ونفض الرمال عن المقاعد.. باختصار.. إنها تبدو كالجديدة.

سأله القائد في شك:

- وهل تأكدتم من أنها الطائرات نفسها؟

أومأ برأسه إيجابًا، وقال:

- نعم يا ســيّدي.. لقد راجعنا أرقام المحركات، وأرقام الأجسام الخارجية، وكلها مطابقة.

هزَّ القائد رأسه في حيرة، قبل أن يسأل في لهفة:

- والطيارون.. ماذا عنهم؟

أجابه الرجل على الفور:

- كلهم في خير حال، والأطباء يفحصونهم الآن في تلك الخيمة هناك.

اتجه القادة مباشرة إلى الخيمة، واستقبلهم فريق الأطباء والطيارون الثلاثة، وسأل قائد الدفاع الجوي في قلق:

- كيف حال الرجال؟

أجابه كبير الأطباء:

- في خير حال، إلى حد يثير الدهشة، كما لو أن فريقًا من أمهر الأطباء قد اعتنى بهم عناية بالغة، حتى أن الرائد (صفوت) كان يعاني ارتفاعًا طفيفًا في ضغط الدم، وهو الآن في صحة جيدة للغاية، وضغط دمه مثالي، والنقيب (ميشيل) كان يخضع للعلاج، بشأن التهاب مزمن في الأذن الخارجية، ولكنه شفي منه تمامًا، ولكن أكثر الحالات غرابة، في حالة النقيب (عبد الرحمن).

سأله القائد في اهتمام:

- وماذا عنه؟

هزَّ كبير الأطباء رأسه في حيرة، وقال:

- لقد أصيب قبل إقلاعه أمس بجرح في ذراعه اليمنى، فضمده له زميل، وأخبره بضرورة ذهابه إلى العيادة الطبية لخياطة الجرح، فور عودته من المهمة.

تبادل القادة نظرة حائرة، ثم سأل أحد الضباط الكبار:

- حسن، وما العجيب في هذا؟

تنهَّد كبير الأطباء، وقال:

- هذا الجرح لم يعد له وجود.

هتف الجميع في آن واحد:

- ماذا؟

أشار كبير الأطباء إلى ذراع النقيب (عبد الرحمن)، وهو يقول:

ـ لقد التأم الجرح تمامًا، ولم يعد ظاهرًا منه ســوى ندبة خفيفة، و هذا لا يحدث إلا بعد أســبوع من العلاج الجيد على الأقل..

عاد القادة يتبادلون نظرة حائرة، ثم اتجه قائد الطيران إلى الطيارين الثلاثة، وقال:

ـ حمدًا لله على ســلامتكم يارجال.. أخبرونا.. ما الذي حدث لكم بالضبط؟

هزوا رؤوسهم في حيرة تامة، وأجاب الرائد (صفوت):

ـ المشكلة أننا لا نذكر هذا قط يا سيّدي.. آخر ما تبقى في ذاكرتنا هو أننا شــاهدنا قبة كبيرة، تختفي وسط الرمال، فاتجهنا إليها. وبعدها تلاشــت ذاكرتنا تمامًا، حتى وجدنا أنفسـنا داخل طائراتنا، وسـط الصــحراء، وحولنا رجال المشاة.

انتقل القائد ببصـره إلى النقيب (ميشــيل) والنقيب (عبد الرحمن)، وسألهما:

ـ أهذا ما تذكر انه أيضًا؟

أجاباه بمزيج من الحيرة والقلق:

ـ نعم.. هذا كل ما نذكره.

صـمت القائد لحظات، وهم يحاولون اسـتيعاب الموقف كله، ثم قال قائد القوات الجوية في حزم:

ـ فليكن.. انقلوا الطيارين الثلاثة إلى مسـتشــفى القوات الجوية في (العباسـية)، ليتم عمل الفحوص اللازمة لهم، وســنرسـل ثلاثة طيارين آخرين لإعادة الطائرات، ليتم فحصـها في القاعدة بوساطة الخبراء، وفي الوقت نفسـه سنواصل عملية البحث في المنطقة.

قال أحد الضباط الكبار، وهو يفرد خريطة للمنطقة:

- لو أردت رأيي يا سيّدي القائد، فالسر كله يكمن في هذه المنطقة بالذات.

قالها وهو يشـير إلى دائرة صـغيرة، تحيط بموقع إحدى مزارع استصلاح الأراضي الجديدة..

وكانت هذه المزرعة تخص (عادل)..

(عادل) بالذات..

☆ ☆ ☆

جلس (عادل) مبهورًا مـأخوذًا، يتـابع ابنتـه، التي راحت تلهو بالكرة العجيبة في مرح وسـعادة، وهو يتسـاءل: ما الذي ينبغي عليه أن يفعله؟.

لقد كانت هذه المزرعة هي أمله الوحيد في الحياة، ومن أجلها بذل أقصـى طاقته، وقاتل بكل إصـراره وعناده، وأنفق كل ما أدخره في حياته، وها هو ذا الآن يتمنى لو تركها وهرب..

ولكن، هل يجدي الفرار؟

هل يمكنه أن يحل المشكلة؟..!

إنه يخشى هؤلاء الغرباء، الذين لم يقع بصره عليهم قط.. الغرباء الذين تركوا شـخصًـا آليًا في البئر، واختطفوا (ريكو)، وشاهدتهم ابنته..

ومن العجيب أنهم لم يحاولوا الإسـاءة إليها، بل اكتفوا بـاللهو معهـا، ومنحوهـا هـذه الهديـة العجيبـة، بـدلًا من اختطافها مثلما فعلوا مع (ريكو)..

وفجأة، قفز إلى ذهنه خاطر مخيف، جعل جسـده يرتجف في قوة، من قمة رأسه وحتى أخمص قدميه..

ماذا لو أنهم قد فعلوا شيئًا ما بابنته، دون أن تدري؟..!

ربما زرعوا في جسدها شيئًا ما، أو عرضوها لتجربة عجيبة، أو...
انتفض جسده مرة أخرى، وهو يحدّق في الكرة الطائرة، وهتف في أعماقه:
- أو أن هذه الهدية العجيبة تفعل هذا.
ولم يكد هذا الخاطر يستقر في ذهنه، حتى هتف بغتة:
- كفي!
قفزت (منى) من مكانها مذعورة، وسألته في خوف:
- ماذا حدث يا أبي؟
أشار إلى الكرة، وهو يقول في حدة:
- كفي عبثًا بهذا الشيء.. إننا نجهل حتى ما هو.
قالت في حيرة:
- إنها كرة.
صاح في عصبية:
- إنها ليست مجرَّد كرة.. هيا.. أطيعي الأمر، وأعيدي تلك الكرة العجيبة إلى علبتها.
مطت شفتيها في اعتراض، وقالت:
- سوف أخاصمك طويلًا.
ثم اتجهت إلى العلبة، وفتحتها، فنهض هو ليلتقط الكرة، ويعيدها إلى العلبة، ولكنه فوجئ بابنته تقول في بساطة:
- عودي إلى العلبة.
وتسمَّر في مكانه مذعورًا، عندما سبحت الكرة نحو العلبة مباشرة، وكأنها تطيع الأمر، واستقرَّت داخلها في هدوء، فأغلقتها (منى)، وهي تقول:
- عندما تشتري لعبة لنفسك، سأمنعك أنا أيضًا من اللهو بها.

لم تكد تتم عبارتها، حتى ارتفعت طرقات قوية على باب المنزل، فوثب (عادل) من مكانه في هلع، وهو يهتف:

- من بالباب؟

أتاه صوت الضابط، الذي التقى به في الصباح، وهو يقول:

- أنا الضابط المسؤول عن المنطقة.

راح قلب (عادل) يخفق في عنف، وهو يفتح الباب، واستقبله وجه الضابط الباسم، وهو يسأله:

- كيف حالك؟.. لقد نسيت أن تعطيني قائمة الطلبات.

قال (عادل) في ارتباك:

- أية طلبات؟

اتسعت ابتسامة الضابط، وضاقت عيناه في خبث، وهو يقول:

- عجبًا؟!.. كيف تنسى المؤن والوقود؟

هتف (عادل):

- آه.. إنني لم أنسها، ولكنني لم أدر كيف أبلغكم بما أريد.

أشار الضابط بيده إلى الداخل، وهو يقول:

- لديك جهاز اللاسلكي.

ارتبك (عادل) مرة أخرى، وهو يقول:

- الواقع أنني لم أعتد وجوده هنا.

أومأ الضابط برأسه، وكأنه يتفق معه، ثم سأله بغتة:

- أين ابنتك الصغيرة؟

سرت قشعريرة في جسد (عادل)، وهو يقول في اضطراب:

- ما الذي تريده منها؟

لم ترق له ابتسامة الضابط، وهو يقول:

- وما المشكلة في أن ألتقي بها؟.. إنها طفلة ذكية، وكنت أرغب في أن ألقي عليها التحية فحسب.
فكر (عادل) في أن يدّعي أن ابنته نائمة، ولكنه فوجئ بها إلى جواره، تبتسم في براءة، وتقول للضابط:
- كيف حالك أيها الضابط؟
ابتسم لها الضابط، وهو يقول:
- كيف حالك يا صغيرتي، وكيف حال أقزامك السبعة؟
أسرع (عادل) يقول:
- إنه مجرَّد خيال جامح، و...
قاطعته الصغيرة في حدة:
- أبي.. قلت لك: إنه ليس خيالًا.
أمسك الضابط كفها الصغيرة، وتجاوز والدها، وهو يقودها إلى الداخل، قائلًا:
- بالطبع يا صغيرتي.. أنا أعلم أنه ليس خيالًا، وأنا هنا لأتحدَّث معك بشأنه.. أخبريني.. كيف التقيت بهم؟.. ماذا كانوا يرتدون؟ وبأية لغة يتحدثون..
هتف (عادل) في حدة:
- اترك الصغيرة وشأنها.. إنها لا تفهم ما تتحدَّث عنه.. كل ما في الأمر أنها فقدت كلبها (ريكو) بعد إصابته، وشعورها بالوحدة آلمها كثيرًا، فراحت تصنع لنفسها عالمًا آخر، من الأقزام والأطفال، الذين تراهم في أفلام الرسوم المتحركة.
قالت (منى) في حماس:
- ولكن (ريكو) سيعود.. لقد وعدوني بإرجاعه، بعد علاج ساقه المصابة.
قال (عادل) في عصبية:

- هل ستبني فكرتك على أقوال طفلة في الخامسة من عمرها؟
التفت إليه الضابط، وسأله في خبث:
- فكرتي عن ماذا؟
لوَّح (عادل) بذراعه كلها في توتر، وهو يقول:
- الفكرة التي تلقي من أجلها كل هذه الأسئلة.
انتقل الخبث إلى ابتسامة الضابط، وهو يقول:
- إنه مجرَّد حديث ودي مع الصغيرة، لماذا تصوَّرته أي شيء آخر خلاف هذا؟
ارتج على (عادل)، فحدَّق في وجه الضابط في صمت، في حين عاد هذا الأخير يلتفت إلى (منى)، ويسألها:
- هل قالوا إنهم سيعالجون (ريكو)؟
أجابته في بساطة:
- نعم.. وسيعيدونه إليَّ.
هتف (عادل) في عصبية:
- كلام أطفال.. مجرَّد كلام أطفال.. لقد سقط الكلب، وانكسرت ساقه، ثم ابتلعته حفرة ما في الصحراء، ولقي مصرعه فيها.. هذا أمر واضح.. إنه...
قبل أن يتم عبارته، صك مسامعهم صوت نباح قوي، يأتي من بعيد، فهتفت (منى) في سعادة:
- (ريكو).. لقد عاد.
وأسرعت إلى الباب، فتبعها الضابط في لهفة، وخرج خلفهما (عادل)، وارتفع حاجباه عاليًا، حتى كادا يمتزجان بأطراف شعر رأسه، وهو يحدّق في ذلك المشهد، الذي بدا له عجيبًا..
عجيبًا للغاية .

# العودة

كانت الفدادين المائة، التي تكوَّنت منها مزرعة (عادل)، تمتد أمام عينية لمسافة طويلة، وتنتهي بحاجز من الأسلاك العادية، ومن عند هذا الحاجز برز (ريكو)، وهو يعدو بكل قوته، متجهًا إلى المنزل..

ولم يصدّق (عادل) عينيه..

لقد كان الكلب يعدو في قوة ونشاط، وكأن ساقه لم تكسر قط، في حين اندفعت (منى) نحوه، صائحة في فرحة عارمة:

- لقد صدقوا في وعدهم.. لقد أعادوا إليَّ (ميكى).

التقت بالكلب على مسافة عشرة أمتار من المنزل، فراح يدور حولها في سعادة، وينبح في فرح، فالتفت الضابط إلى (عادل) وقال:

- لا يبدو لي أبدًا ككلب مصاب.

غمغم (عادل) والدهشة تملأ وجهه، وتطلّ في وضوح مع نبرات صوته المضطربة:

- ولكنه كان كذلك بالفعل.

التفت إليه الضابط، وسأله في صرامة:

- أأنت واثق من أنك لا تخف عنا شيئًا؟

هتف (عادل) في عصبية شديدة:

- اسمع أيها الضابط.. أنا مواطن مدني، وليس من حقك أن تستجوبني.. لا شأن للجيش بي على الإطلاق.

أطلَّت الصرامة من عيني الضابط، وهو يقول:

- ادخر كلامك هذا لموقف يستحقه.

ثم أشار إلى رجاله، مستطردًا بلهجة آمرة:

- خذوا الكلب.

صاحت (منى):

- لا.. لا تأخذوا (ريكو).
ولكن الجنود انقضــوا على الكلب، وألقوا فوقه شــبكة ســميكة، تســتخدم لتمويه الســيارة في أثناء المناورات، فزمجر (ريكو)، ونبح، وراح يضــرب الشــبكة بمخالبه، ويعضها بأنيابه، و(منى) تصرخ:
- اتركوا (ريكو).. لا تفعلوا به هذا.
وقال (عادل) للضابط في غضب:
- ليس هذا من حقكم أيضًا.
ابتسم الضابط في سخرية، وهو يقول:
- حقا؟
كان رجاله قد حملوا الكلب إلى الســيارة، فقفز هو إلى المقعد المجاور للسائق، و(منى) تصرخ فيه:
- أنا لا أحبك.. أنا أكرهك.. اترك (ريكو) وإلا ضربتك.
وتطلَّع هو إليها في هدوء، ثم رفع عينيـة إلى (عـادل)، وقال في صرامة:
- سأعود إليها.
وبإشــارة من يده، انطلقت السيارة مبتعدة، ونباح (ريكو) يتواصــل داخلها، فألقت (منى) نفســها بين ذراعي أبيها، وهى تبكى هاتفة:
- لماذا أخذوه يا أبي؟!.. لماذا أخذوا (ريكو)؟
ربَّت والدها عليها مشــفقًا، وضــمّها إليه في حنان، وهو يتابع ببصره السيارة، وهي تبتعد وتبتعد، حتى اختفت في قلب الصحراء..
وامتلأت نفسه بالخوف..
لم يكن حملهم للكلب هو ســبب مخاوفه، وإنما كانت تلك الجملة الأخيرة، التي نطق بها الضابط قبيل انصرافه..
سيعود من أجل ابنته..

سيعود في المرة القادمة ليأخذها، كما أخذ (ميكي)..

وجمح به الخيال، فتصوَّر الجنود ينقضـون على ابنته الصغيرة، ويلقون شبكتهم فوقها، ثم يسحبونها أرضًـا، ويضعونها فوق سيارتهم، كما فعلوا مع الكلب..

رآها بعين الخيال، ترقد فوق منضـدة تشـريح، والعلماء يغرسـون مشـارطهم في جسـدها الصغير، ليبحثوا عما تركه الغرباء داخلها..

سيحولونها إلى فأر تجارب..

مجرَّد عينة للفحص..

وجعلته هذه التصورات يضم ابنته إلى صـدره في قوة، ويهمس بصـوت مبحوح، خرج على الرغم منه أشـبه بالفحيح:

- ينبغي أن نرحل من هنا.. من الضـروري أن نبتعد عن هذا المكان..

كان قد اتخذ قراره، ولن يتراجع عنه أبدًا.. أبدا..

☆ ☆ ☆

"هذا أغرب شيء رأيته، في حياتي كلها."!!

نطق كبير الأطباء بهذه العبارة، بعد أن انتهى من فحص (ميكي)، بمعاونـة أحد كبار الأطباء البيطريين، وامتلأ صوته بالدهشة والحيرة، وهو يستطرد، أمام قائد القوات الجوية:

- الفحوص وصـور الأشـعة أثبتت أن الكلب كان مصابًا بكسر في سـاقه بالفعل، ولكن هذا الكسـر تمت معالجته بوسـيلة لا مثيل لها في المراجع الحديثة.. لقد أدخلوا في ساقه إبرة دقيقة، ووضعوا العظام في موضعها الصحيح

يدويًا، ثم حقنوا مادة عجيبة، ألصقت الطرفين المكسورين ببعضهما، وأعادتهما إلى ما كانا عليه، بحيث استطاع الكلب أن يتحرك، واستعاد نشاطه كله.
قال القائد في توتر:
- من الواضح أنهم يفوقوننا كثيرًا من تقدمهم العلمي، وهذا يثير في نفسي المزيد من الخوف .
سأله كبير الأطباء:
- لماذا، ما داموا لم يتسبَّبوا في إيذاء أي مخلوق؟
أجابه القائد في سرعة:
- حتى هذه اللحظة، ولكن من يدري ما الذي يخططون له فيما بعد.. ربما كان هذا مجرَّد خدعة؛ لاكتساب ثقتنا، أو امتصاص شكوكنا، وبعدها ينقضون علينا بلا رحمة، ونحن نجهل كل شيء عنهم..
اعتدل الضابط في وقفته العسكرية، وهو يقول:
أعتقد أن الصغيرة يمكنها أن تمدنا ببعض المعلومات.
سأله قائد القوات الجوية:
- أية صغيرة؟
أجابه الضابط:
- صاحبة هذا الكلب.. إنها طفلة في الخامسة من عمرها، وتقول إنها قابلت الغرباء، وتحدَّثت إليهم، و...
هبَّ القائد من خلف مكتبة، وهو يهتف:
- ولماذا لم تحضرها إلينا؟
ارتبك الضابط،، وهو يقول:
- إنها طفلة صغيرة، ولقد فكَّرت في أنه من الأفضل أن تتأكد أولًا من صحة قصتها، بعد فحص الكلب، و..
قاطعه القائد في غضب:

- ماذا تقول يا رجل؟.. هذه الطفلة هي سـبيلنا الوحيد، لجمع شـيء من المعلومات، عن الخطر الذي نواجهه، ونحن نجهل كل شـيء عنه.. هيَّا أيها الضـابط.. اذهب وأحضـر لنا تلك الطفلة على الفور.. هل تفهم؟!.. أريد الطفلة.

ودق سطح مكتبه بقبضته في عنف، وهو يستطرد:

- أريدها بأي ثمن..

☆☆☆

كانت الشـمس قد بدأت رحلتها نحو الغروب، عندما همسـت (منى) لوالدها في خوف، وهي تتسـلّل معه إلى سيارته في (الجيب)، التي أخفاها خلف المخزن:

- لماذا نفعل هذا يا أبي؟

أجابها في توتر:

- لابد لنا من الهروب من هنا، قبل أن يعود ذلك الضـابط لاصطحابك.

سألته:

- ولماذا يفعل هذا؟

أجابها والمرارة تعتصر قلبه:

- إنهم يريدون أن يجروا تجاربهم عليك.. لن يعنيهم أنك طفلة، أو أنك ابنتي.. كل ما سيسـعون إليه هو الحصـول على الحقائق.. هذا كل ما يهمهم.

بلغا السيارة في تلك اللحظة، فسألته وهو يضعها داخلها:

- ولكن ذلك الضابط يبدو ظريفًا.. أليس كذلك؟

قال في حدة، على الرغم من صوته الخافت:

- كلهم يبدون كذلك، حتى تبرز مخالبهم.

تطلّعت إليه في حيرة، وغمغمت:

- لست أفهم شيئًا.
احتل مقعد القيادة، وأدار المحرّك، وهو يقول:
- عندما تكبرين، ستفهمين كل شيء.
انطلق بالسيارة في حذر، مستترًا بالمخزن، ومستغلًا ذلك الظل الطويل، الذي صنعه مع أشعة الشمس، مع قرب الغروب، وراح قلبه يدق في قوة، وهو يتمنى ألا يشعروا بفراره..
كان قد اتخذ قراره هذا في حزم، بعد أن أدرك أنهم سيعودون، إن عاجلًا أو آجًلا، ليسلبوه ابنته الصغيرة، أحب مخلوق إلى قلبه..
وابنته (منى) هي حياته كلها، وأمله، وروحه، وأحلامه.. كل ما يفعله في حياته من أجلها ..
حتى هذه المزرعة، كان ينوي استصلاحها من أجلها، حتى تحمل اسمها يومًا، وتمنحها عائدًا مجزيًا، يكفل لها حياة كريمة..
وعندما يفرّ من المكان، ويترك كل حقائبه وأشياءه خلفه، فإنما يفعل هذا أيضًا من أجلها..
"انتظر يا أبي."..
هتفت بها (منى) في ذعر، جعله يضغط الفرامل في حركة غريزية، وهو يهتف بها:
- ماذا.. ماذا حدث؟
صاحت في اسى:
- نسيت الهدية هناك.
تملكه الغيظ، وهو يقول في حدة:
- لن نأخذ هذه الهدية اللعينة معنا.
لوَّحت بذراعيها، قائلة:
- ولكنني أحبها، وأريدها معي.

أمسك كتفيها الضئيلتين، وتطلّع إلى وجهها مباشرة، وهو يبذل قصارى جهده للسيطرة على أعصابه الثائرة، وقال:

ـ اسـمعيني يا (منى).. اسـمعيني جيدًا.. لا يمكننا أبدًا أن نأخذ هذه الهدية معنا؛ لأننا لا نعلم ماهيتها.. من يدري؟.. أليس من المحتمل أن تكون جهـاز تعقب مثلًا، أو أنهـا تصدر نوعًا من الإشعاعات الضارة؟

قالت باكية:

ـ لست أفهم شيئًا، ولكنني أريد لعبتي.

تنهد، وقال:

ـ من الطبيعي ألا يمكنك فهم ما أقول يا صـغيرتي، ولكن كل مـا أطلبـه منك هو الثقة.. امنحيني ثقتك يا (منى)، وتأكدي من أن أباك لن يفعل قط إلا ما هو في صـالحك.. هل تثقين بأبيك يا (منى)؟

أومأت برأسها إيجابًا، والدموع تغرق وجهها، فرَّبت على خدّها في حنان، وهو يكمل:

ـ يومًا مـا سـتعلمين أنني فعلت هذا من أجلك، وأنني ضحيت بكل شيء عن طيب خاطر لأنقذك من الخطر.

سالت دموعها في صمت، فاعتدل، وانطلق بالسيارة مرة أخرى مبتعدًا، وهو لا يدري إذا ما كان يتجه نحو أمل جديد، في أن يحيا مع ابنته في سـلام وأمان، أم أنه ينطلق ـ دون أن يدري ـ نحو النهاية.

نهايتهما..

☆ ☆ ☆

أوقف الضابط سيارته أمام منزل (عادل)، وقفز منها في لهفة، وهو يهتف برجاله:

- حاصروا المنزل، ولا تسمحوا لأحد بالخروج دون إذن.

وطرق الباب في رفق في البداية، ولكن طرقاته لم تلبث أن تحوّلت إلى العنف والعصبية، عندما لم يجد أية استجابة من الداخل، حتى هتف أخيرًا:

- اكسروا هذا الباب.

ضرب اثنان منهما الباب بكتيفيهما، حتى تهاوى، ثم اندفع الجميع إلى المنزل، وقال الضابط في توتر:

- فتشوا المكان كله.. ابحثوا عن أي أثر يمكن أن يرشدنا إليهما.

بدأت عملية تفتيش سريعة للمكان، وعاد أحد الرجال من الخارج، قائلًا:

- لقد اختفت السيارة، وآثار إطاراتها تشير إلى أنها انطلقت نحو الشرق.

هتف الضابط في حنق، وهو يلوّح بذراعه:

- لقد هرب الرجل.. أنا المخطئ.. كان المفروض أن أصطحب الفتاة معي على الفور.

ارتطمت يده في أثناء حركتها بصندوق صغير، فسقط أرضًا، وانفتح في عنف..

وتراجع الجميع في دهشة وذعر..

لقد وثبت تلك الكرة الحمراء بغتة، وتعلقت في الهواء، وراحت تشع ذلك الضوء الباهت..

ولثوان، لم ينطق شخص واحد بحرف، ثم اخترق صوت الضابط جدار الصمت بغتة، وهو يهتف:

- كنت أعلم هذا.

ثم صرخ برجاله:

- أريد هذا الرجل.. سنطارده عبر الصحراء كلها، لو استلزم الأمر.
اندفع الجميع نحو سيارتيهما، ودفع هو الكرة في حذر إلى داخل الصندوق، ثم حمله في حرص، وانضمّ إليهم، وهتف:
- هيَّا..
وانطلقت السيارتان تطاردان (عادل) وابنته، والشمس تغوص في الأفق، لتتم رحلة الغروب، ولتغرق الصحراء في ظلامها الدامس المخيف..
وفي سيارتهما، قالت (منى)، وهي تلتصق بوالدها في خوف:
- كل شيء مظلم.. أنا أخشى الظلام.
أجابها وهو يزيد من سرعته، بأقصى ما يمكن أن تحتمله السيارة:
- لا تخشي شيئًا وأنا إلى جوارك يا صغيرتي.. كل شيء يسير على ما يرام، صدقيني.. نحن نبتعد عن الخطر.
قالت مرتجفة:
- ولماذا لا تضيء أنوار السيارة؟
قال في آسى:
- لو فعلت هذا سيكشفون موقعنا على الفور، وهذا ما أخشاه.
قالت، وهي تلتصق به أكثر وأكثر:
- ولكن الظلام مخيف، ونحن نطلق دون أن نرى ما أمامنا.
غمغم:
- اطمئني.. إنه نفس الطريق، الذي أتينا منه.

لم يكن واثقًا تمامًا مما يقول، ولكنه حاول أن يبث فيها شيئًا من الارتياح..
ولم تشعر الصغيرة بهذا الارتياح، إلا أنها لاذت بالصمت التام، والتصـــقت به في خوف، وراحت تتطلَّع أمامها مرتاعة، محاولة اختراق حجب الظلام، الذي بدأت حدته تتزايد أكثر وأكثر، كلما مضـــى وقت أطول على غروب الشمس ..
وفجأة، ســقط ضــوء على الســيارة من الخلف، فانتفض جســـد (عادل) في ذعر، واســـتدار يتطلَّع إلى مصـــدر الضــوء، وأمكنه أن يميز ســيارتين عســكريتين، تندفعان نحوه بأقصى سرعتهما، فصاح في ابنته:
- تشبثي بي جيدًا.
وضـغط دوَّاسـة الوقود بكل قوته، فانطلقت السيارة تشق طريقها وسط الصحراء المظلمة، ووضـع الضـابط على فمه مكبرًا صوتيًا، وهو يهتف:
- توقف يا ســيّد (عادل)، ولا تخش شــيئًا.. إننا لن نفعل بابنتك ما يمكن أن يؤذيها.. صـــدقني.. ســـنطرح عليها بضع الأسئلة فحسب.
لم يزد هذا القول (عادل) إلا إصرارًا، فاندفع بسيارته في سرعة أكبر، جعلت الضابط يغمغم في حنق:
- هذا الغبي ينطلق بسرعة بالغة، وسيارته لن تحتمل كل هذا العنف.
كانت سيارة (عادل) ترتج في عنف شديد بالفعل، و(منى) تتقافز داخلها، وهي تهتف مذعورة:
- توفق يا أبي.. توقف أرجوك.. هذا يؤلمني.

كان قلبه يتمزق مع هتافاتها، ولكنه يخشى في الوقت نفسه أن يخفف من سرعته، وإلا لحقت به السيارتان العسكريتان، وانتزعوها منه بالقوة..

ولكن فجأة، ارتطم الإطار الأيمن الأمامي بتبة عالية من الرمال، فانحرفت السيارة إلى اليسار في عنف، ووثبت على نحو مخيف، فضم (عادل) ابنته إليه في قوة، وهو يصرخ:

- تشبثي بي.. تشبثي جيدًا.

ولكن السيارة انقلبت بغتة في عنف، وتدحرجت على نحو مخيف، ثم توقفت على جانبها الأيمن، وإطاراتها مازالت تدور في الهواء..

وفي ذعر، وعلى الرغم من الدماء التي تغمر وجهه، صرخ (عادل):

- (منى).. (منى).

ولكن ابنته كانت ملقاة أمامه على الرمال، وقد سالت الدماء من أنفها وفمها، وبدا من الواضح أنها قد رحلت إلى حيث زوجته.. أو بمعنى أصح، لحقت بأمها.

## منى..

"منى.. قولي شيئًا يا (منى)".. .

أخذ (عادل) يصرخ في انهيار، وهو يضم جسد ابنته إلى صدره، والدماء النازفة من أنفها وفمها تغرق وجهه، حتى بلغته السيارتان العسكريتان، وقفز الضابط إليه، وهو يهتف في ارتياع:

- ماذا فعلت أيها التعس؟

وحاول أن يفحص الصغيرة، ولكن (عادل) تشبَّث بابنته في قوة، وأخذ يصرخ في ثورة:

- اتركوها.. اتركوا ابنتي.

صرخ الضابط في وجهه:

- دعنا نفحصها يا رجل.. ربما كان أمامها أمل في النجاة.

الكلمة الأخيرة وحدها جعلت (عادل) يتركها، ويتابعها ببصره في ذهول شارد، وهم يضعونها فوق الرمال، والضابط يلصق أذنه بصدرها في قوة، ثم سمعه يهتف:

- إنها مازالت حية، ولكن قلبها ينبض في ضعف شديد.. استدعوا طائرة هليوكوبتر على الفور؛ لنقلها إلى المستشفى.. أسرعوا بالله عليكم.. إنها تحتضر تقريبًا.

قال (عادل) في انهيار:

- وأنتم تريدونها حية بالتأكيد، حتى يمكنكم الحصول على المعلومات.

رفع الضابط عينيه إليه في غضب، وهو يقول:

- المعلومات؟!.. فلتذهب المعلومات إلى الجحيم يا رجل.. ماذا تتصوَّرنا بالضبط؟!.. وحوش بلا قلوب تنبض؟!.. كل ما يهمنا الىن هو أن تنجو ابنتك.. هل تفهمني؟.. إنني أب لطفلة في مثل عمرها، ألا تدرك ما يعنيه هذا؟

سالت الدموع من عيني (عادل) في مرارة، وهو يقول:

- أنقذها إذن.. أرجوك.. أنقذ حياتها.. إنها أملي الوحيد في الحياة.. دعني أقبل يديك.
قالها، وهو يندفع نحو يدي الضابط بالفعل، فنهره هذا الأخير في حدة، هاتفًا:
- تماسك يارجل.. إننا نبذل قصارى جهدنا.
لم يكد يتمّ عبارته، حتى عاد إليه أحد جنوده، وقال:
- لقد اتصلنا بالمروحية، وستصل في غضون ربع الساعة من الآن.
سعلت (منى) في تلك اللحظة، وتناثرت الدماء من فهما وأنفها مع السعال، فهتف (عادل):
- قل لهم أن يسرعوا.. أرجوك.
ولكن جسد (منى) الصغير راح ينتفض في عنف، ثم يسترخى، ويعود لينتفض، فغمغم الضابط في حزن، وهو يقاوم دموعه:
- لست أعتقد أنهم سينجحوا في إنقاذها، مهما أسرعوا.. أنا آسف يا سيد (عادل)، ولكن من الواضح أن...
قبل أن يتمّ عبارته، سطع ضوء مبهر بغتة فوق رؤوسهم، وغمرهم تمامًا، وأغشى أبصارهم، فهتف الضابط:
- ما هذا بالضبط؟
كان هناك جسم مستدير، أشبه بكرة ضخمة، معلّق في الهواء، على ارتفاع عشرة أمتار، وينبعث منه ذلك الضوء الأبيض المبهر..
وبحركة غريزية، مدفوعة بعامل الخوف والرمنى، رفع الجنود أسلحتهم، وراحوا يطلقون النار على الكرة، التي لم يبد عليها أدني اهتمام بما يفعلون، كما لو أن هذه الرصاصات لم تنجح حتى في خدشها..
وهتف الضابط في توتر:

- ماذا يريدون؟
أجابة (عادل) في خوف:
- لست أدري.. ولكنهم لن يغامروا بكشف موقعهم بلا مبرر.
لم يكد يتم قوله، حتى انطلق من أسفل الكرة شعاع وردي، على هيئة أنبوب شفاف، انزلق عبرة جسم اسطواني صغير، أشبه بشخص آلي بدائي، يطابق ما وصفته (منى)..
قدمان صغيران، وذراعان صغيران، ورأس به عينان خضراوان..
وكان هذا الشخص الآلى ينزل متجهًا نحو (منى)، فصرخ والدها:
- لا.. ليس (منى).
حاول أن يندفع نحو ابنته، ولكنه ارتطم بالشعاع الوردي، الذي بدا له أشدّ صلابة من الفولاذ، على الرغم من رقته وشفافيته، فراح يدق عليه بقيضتيه في عنف، ويصرخ:
- اترك (منى).. اترك (منى) أيها الوغد.
ولكن الآلى توقف أمام الصغيرة تمامًا، ثم ارتفع من رأسه شيء يشبه هوائي اللاسلكي، ولكنه انحنى، واتجه نحو رأس (منى) مباشرة.
وفجأة، فقد الأنبوب الوردى شفافيته، وأخفى الآلى وجسد (منى) تمامًا..
وهنا أصيب (عادل) بالجنون، وراح يضرب الأنبوب بقدميه وقبضتيه، وهو يصرخ:
- اتركوها.. اتركوا ابنتي.
أمسك به الضابط في قوة، ليبعده عن الأنبوب، وهو يهتف:

- حذار يا رجل، ربما كان ما تفعله ضارًا بابنتك.
قاومه (عادل) في شراسة، وهو يقول:
- اتركني.. قلت لك اتركني.
ومع آخر حروف هتافه، اختفى الأنبوب بغتة، ولم يعد هناك أثر للشخص الآلي، فاتسعت عيون الجميع في ذهول، وغمغم الضابط:
- أين ذهب؟
امتزجت غمغمته بصليل مكتوم، جعله يلتفت في دهشة إلى سيارته، وارتفع حاجباه إلى أعلى، عندما رأى الكرة الحمراء تغادر صندوقها، وتسبح في الهواء في بطء، متجهة نحو (منى)، حيث توقفت فوق رأسها تمامًا، ثم راحت تتألق وتتألق، قبل أن تبتعد عنها، وتفقد بريقها كله دفعة واحدة، ثم تسقط على الرمال كالحجر.
وهنا بدأ ضوء الجسم المستدير يخفت، وبدا وكأنه يرتفع أكثر وأكثر، فهتف الضابط:
- إنه يهرب مرة أخرى.
نظر إليه أحد الجنود في دهشة، وغمغم:
- يهرب؟!.. وممن يهرب يا سيادة الضابط؟
وقبل أن يجيبه الضابط، أو حتى يفكر في البحث عن جواب، حلقت مقاتلتان من طراز (ف- ١٦) فوق الجسم المستدير، فصاح الضابط:
- لقد التقطته أجهزة الرادار.. سيهاجمونه حتمًا.
ولكن ذلك الجسم المستدير انطلق إلى أعلى بغتة، بصوت أشبه بالفرقعة المكتومة، وبسرعة مذهلة، أثارت عاصفة من الرمال..
ثم انطلقت المقاتلتان خلفه، واختفى الجميع في السماء..

وبينما العيون كلها تتطلع مبهورة إلى حيث اختفى الجسم المستدير، كان (عادل) يضمّ جسد ابنته إلى صدره، وهو يبكي في حرارة، متمتمًا:

- ماذا فعلوا بك يا صغيرتي؟.. ماذا فعلوا بك يا قرة عيني؟

اقترب منه الضابط في عطف مشفق، ووضع يده في رفق على كتفه، وهو يهمس في صوت حزين:

- لا ترهقها يارجل.. دعها تسترح.

انهمرت دموع (عادل) في غزارة، تغرق وجه ابنته، قبل أن يرقدها على الرمال في رفق، ثم يستدير إلى الضابط، هاتفًا:

- أنت المسؤول.. كلكم مسؤولون عما أصابها، ولو أصابها مكروه، ستدفعون الثمن جميعًا.

أجابه الضابط في حدة:

- أي قول أحمق هذا يا رجل؟.. لقد كنا نؤدي واجبنا، ولكن إصرارك على عدم التعاون معنا، هو الذي تسبَّب في كل هذا، ولو أنك أبلغتنا ما لديك منذ البداية، لاختلف الموقف تمامًا.

صرخ (عادل)، وهو يندفع نحوه :

- بل أنتم المسؤولون.. أنتم الذين...

وقبل أن يكمل عبارته، أتاه صوت خافت يقول:

- أبي.

تسمَّر في مكانه، ثم استدار يتطلّع في دهشة إلى ابنته، قبل أن يصرخ في سعادة غامرة:

- (منى).. أنت بخير يا صغيرتي.. حمدًا لله.. حمدًا لله.

واندفع نحو صغيرته، التي ابتسمت في براءة، واحتواها بين ذراعيه في فرحة هائلة، وهو يشـــعر أن كل الدنيا لم تعد تعنيه، فهي الآن بين ذراعيه..

وخلف ظهره، كانت هناك ظاهرة عجيبة، لم ينتبه إليها.. كان هناك فريق عسكري كامل من فرق البحث المحترفة، تنهمر من عيونهم الدموع..

الدموع الحارة..

☆ ☆ ☆

"من (القرش المقاتل) إلى القاعدة.. نحن خلف الهدف، وسنطارده على ارتفاع كبير.. إنه يتجاوز السـحب الآن، هل يمكننا التعامل معه؟.."..

"من القاعدة إلى (القرش المقاتل).. اكتف بالمطاردة فحســب، ولا تتعامل مع الهدف الآن، إلا لو حاول هو التعامل معك."..

"من (القرش المقاتل) إلى القاعدة.. نحن نخترق السـحب خلف الهدف، و... رباه!... ما هذا بالضبط؟."..

أثارت تلك الصيـحة الأخيرة موجـة عنيفة من القلق والتوتر، في قاعدة المراقبة، فتبادل الجميع نظرة سريعة، قبل أن يختطف القائد مسماع جهاز الاتصال، ويهتف:

- ماذا حدث أيها (القرش المقاتل)؟.. ماذا وجدتما؟

مضت لحظة من الصمت، بدت للجميع أشبه بدهر كامل، وكـادت قلوبهم تتوقف، قبـل أن يـأتيهم رد الطيار، وهو يقول في ذهول:

- إنه شيء لا يمكن وصفه.. شيء هائل رهيب.. لقد كنت أتصـوَّر أن هذا الجسـم ضخم للغاية، فنصف قطره يكاد

يبلغ خمسة أو ستة أمتار، ولكنه يبدو ككرة تنس طاولة صغيرة، أمام هذا الشيء.

قال القائد في توتر:

- صف لنا ما تراه جيدًا أيها (القرش المقاتل).

أجابه الطيار مبهورًا:

- إنه شيء لا يمكنك أن ترى مثيلًا له قط.. ليست مجرَّد سفينة فضاء، ولكن مدينة كاملة تسبح بأعلى.. شيء في حجم الهرم الأكبر ثلاث مرات على الأقل، وقد دخل إليه ذلك الجسم المستدير، عبر ممر طويل مضاء.. يا إلهي!.. كيف لم تلتقط أجهزتنا شيئًا بهذا الحجم؟! أراهن على أن لديهم أجهزة مدهشة، للشوشرة على الرادارات.

هتف به القائد:

- هل يمكنك أن تلتقط صورته؟.. هل يمكنك هذا؟

أجابه الطيار:

- ولكنه يتحرَّك.. لقد بدأ يدور حول نفسه، و...

قاطعه فجأة دوي عجيب، امتزج بفرقعة مكتومة، فصاح القائد قلقًا:

- ماذا حدث يارجل؟.. هل أصابك مكروه؟

أتاه صوت الطيار مفعمًا بالذهول، وهو يجيب:

- كلَّا، ولكن تلك المدينة الطائرة انطلقت بسرعة مذهلة، واختفت في غياهب الفضاء في لمح البصر.. إنه شيء عجيب.. شيء لا يصدَّق.

عاد القائد يتبادل نظرة متوترة مع الرجال، في قاعدة المراقبة، ثم قال:

- من القاعدة إلى (القرش المقاتل).. عد على الفور.. لقد انتهت المهمة.. أكرّر.. عد على الفور.

وعندما أنهى الاتصــــال، كان وجهه يحمل تعبيرًا عجيبًا، وتطل من عينيه نظرة لم يشاهدها رجاله من قبل.

نظرة تحمل تساؤلًا واحدًا..

هل انتهت المهمة بالفعل؛ أم أن كل هذا مجرَّد بداية؟

هل اكتفى هؤلاء الغرباء بما حصــــلوا عليه من الأرض، أم أنهم يخططون لعودة ثانية؟.!

وهل ســـتكون نقطة هبوطهم، في تلك المرة القادمة، هي (مصر) أيضًا؟..

كل هذه الأسئلة وغيرها دارت في ذهنه، ولكنها لم تجد جوابًا.. أى جواب..

☆ ☆ ☆

الخميس، الأول من أغسطس..

صديقي العزيز/ محمد..

بعد التحية،

هذا رابع خطاب أرسله إليك، منذ وصولي إلى هنا، وهي فرصة طيبة لأن أرسله فور الانتهاء منه؛ لأنني أكتبه لك في (مديرية التحرير)، التي نقوم بزيارة لها أنا و(منى)، لشراء بعض المستلزمات المطلوبة لمزرعتنا، وكم أتمنى أن تنتهي من أوراقك، حتى تلحق بنا، وتصبـح جارنا هنا..

و(منى) بخير والحمد لله، وهي تشكرك كثيرًا على اللعبة التي أرسلتها، وتتمنى رؤيتك في القريب العاجل هنا..

هل تعلم يا صديقي العزيز أن فكرتي عن المسئولين في الجيش كانت سيئة للغاية، ولكنني الآن أحمل إليهم الكثير من الاحترام والحب والتقدير، بعد العناية الفائقة، التي أحاطوني بها أنا و(منى)، في أثناء تواجدنا معهم..

لقد كنت أتصـوَّر أنهم سيستجوبون (منى) في حزم وصـرامة، ولكنهم كانوا في غاية اللطف والرقة معها، حتى أنها أحبتهم كثيرًا، وقصـت عليهم كل ما لديها، وسجلته لهم على شرائط (فيديو)، بالصوت والصورة، ثم أعطوها الكثير من الهدايا واللعب، واعتذروا لنا عن أية متاعب يمكن أن يكونوا قد تسببوا لنا فيها، وأهدوني سيارة (جيب) جديدة، من إنتاج المصانع الحربية..

أما عن شفاء (منى) العجيب، الذي رويته لك في خطابي الثاني، فمازال يثير حيرتهم حتى الآن، إذ أنهم لم يعثروا في جسدها على أية إصـابات، كما لو أن قوة مجهولة قد شـفتها تمامًا، أما عن تلك الكرة، فبعد أن فقدت بريقها، أصبحت مجرَّد قطعة من البلاستيك، أو من مادة شبيهة به، ولكنهم احتفظوا بها، ولم يعيدوها إلينا..

وليسـت هذه هي وحدها الأخبار العجيبة يا صـديقي العزيز، بل هناك خبر أكثر غرابة، فقد قمت بحرث الأرض، ونثرت فيها البذور، ثم رويتها بمياه البئر، فهل تعلم ماذا حدث؟!

لقد فوجئت بها تنمو، وتخرج براعم قوية، قبل مرور أسبوع واحد..

هل تصدّق هذا؟

هل يمكن أن تتصوَّره؟..

هل قرأته في أي كتاب في حياتك كلها؟

والعجيب أن هذا لا يحدث في المنطقة كلها، ولكن في أرضي وحدها، وحتى حدودها بالضبط..

هل تعتقد أن الغرباء هم المسؤولون عن هذا أيضًا؟

أنا أعتقد هذا يا صديقي؟

بل أؤمن به أشد الإيمان.

لقد شـاهدنا أيامًا عصـيبة هنا، ولكن كل شـيء انتهى في سـلام، ومن حسـن الحظ أن الأطفال لا يحتفظون بالكثير من الذكريات طويلًا..

صـحيح أن (منى) تتحدَّث في بعض الأحيان عن الأقزام السبعة، وتتذكر هديتهم، ولكنها سـرعان ما تنسـى هذا، وتنهمك في اللعب مع (ريكو)، الذي أصـبح أكثر قوة ونشاطًا عن ذي قبل.

اما أنا، فلن أنسـى أبدًا هؤلاء الضـيوف، الذين قدموا من الفضاء..

ولا تجعل كلمة الضـيوف هذه تدهشـك، فأنا مقتنع تمامًا بأنهم ما جاءوا من أجل الشـر، ففارق التقدم المدهش بيننا وبينهم، كان يسـمح لهم بتدميرنا تمامًا لو أرادوا، قبل أن نجد الفرصة حتى لاستيعاب ما يفعلونه..

صدقني يا صديقي العزيز.. لقد راجعت كل ما فعلوه أكثر من مرة، في ليالي المزرعة الطويلة، وتوصـلـت في النهاية إلى حقيقة واحدة..

هذا الضيف الذي أتى إلينا، من وراء النجوم، لم يفعل كل ما فعل، إلا لأنه جاء من أجل هدف واحد..
السلام..
السلام وحده..

صديقك،
(عادل)